산골 노승의 화려한 점심

산골 노승의 화려한 점심

있으면 행복하고
없으면 자유로운 삶

향봉 지음

불광출판사

인생의 나그넷길에서
더러는 흔들리고 더러는 방황하며

마음을 열어 누군가와 말 없는 대화를 나눌 수 있고, 군불 지피듯 이해를 넓혀갈 수 있는 디딤돌과 버팀목이 그리운 오늘이다.

행복과 자유, 그리고 빛을 향해 떠나는 게 인생의 나그넷길이다. 그러나 빛은 짧고, 어둠은 길게 허무의 그림자처럼 누워 있다.

젊어서도 늙어서도 빛과 그림자는 타는 목마름으로 외로움의 터널에 갇혀, 헐떡이는 호흡처럼 더러는 흔들리고 더러는 방황하며 철이 든다.

사람은 누구나 늦게야 철이 드는, 작아지는 아이이다. 세월의 무게에 따라 작아지는 것은 어른의 키뿐이 아니다. 마음속에 쌓여 있는 생활의 파편처럼, 두 눈 멀거니 뜨고도 가위눌리고 멀미하며 졸아드는 행복과 자유를 느낄 터이다.

영원한 행복과 자유를 찾아 종교와 신앙 쪽으로 접근해봐도, 이 땅의 성직자들은 돈타령의 끌어당김이 달인 수준이다. 순수와 진솔함을 잃어버린 채, 흥정하듯 거래되는 잘못된 신앙이 빈터의 외로움을 더해준다.

생각이 바뀌어야 운명이 바뀌는 것이다. 마음이 열려야 세상이 열리는 법이다. 집착은 키울수록 병이 되고, 욕심은 버릴수록 편안하고 아름답기 때문이다. 진리는 멀리 있거나 높은 곳에 있는 게 아니라 물, 공기, 빨래처럼 널려 있다. 내가 머물고 있는 가정이 최상의 법당이요, 내 가족이 살아 움직이는 부처이자 보살이다.

어제는 지나간 오늘이요, 내일은 다가올 오늘이다. 오늘은 오늘뿐이다. 영원한 오늘의 참 주인공으로 행복과 자유를 누리며 날마다 좋은 날로 살 일이다.

2023년 5월
이향봉 합장

내 죽거든
이웃들에게 친구들에게 알리지 말길
관이니 상여니 만들지 말길
그저 입은 옷 그대로 둘둘 말아서
타오르는 불더미 속에 던져버릴 것
한 줌 재도 챙기지 말고 버려버릴 것

내 죽거든
49재다 100재다 제발 없기를
쓰잘 데 없는 일로 힘겨워 말길
제삿날이니 생일이니 잊어버릴 것
죽은 자를 위한 그 무엇도 챙기지 말 것
죽은 자의 사진 한 장도 걸어두지 말 것

내 죽어 따스한 봄바람으로 돌아오리니
피고 지는 들꽃 무리 속에 돌아오리니
아침에는 햇살처럼 저녁에는 달빛처럼
더러는 눈송이 되어 더러는 빗방울 되어

- 향봉 스님의 〈내 죽거든〉 전문

1장

반쪽짜리 자화상

어떤 인연 하나 옮겨 와야겠다. 그러니까 지금으로부터 까마득한 전전생(前前生)인, 초등학교 시절의 급장 선거에 대한 이야기이다.

1학년 때는 얼떨결에 급장이 되었다. 희망자 중 목소리가 가장 우렁차다며 담임선생님이 나를 급장으로 선택한 것이다. 2학년과 3학년 때는 민주적 절차에 의해 공약 발표도 한 후, 급우들의 투표에 의해 선출된 당당한 급장이었다.

그러나 4학년 급장 선거에서는 단 몇 표 차이로 떨어지게 된다. 방앗간집 종철이에게 학급대표인 급장 자리를 넘기게 된 것이다. 참고로 당시 한 학급은 65명에서 70명이었음을 밝혀둔다.

사연은 간단치 않지만 줄여 옮기면 다음과 같다.

우리반 여학생 중에 '길자'라는 아이가 있었는데, 또래에 비해 키가 크고 얼굴도 예쁘고 공부도 잘하는 편이었다. 하얀 운동화를 즐겨 신을 만큼 집안 형편도 넉넉한 이장집 아이였다. 그런데 그 아이는 덧니를 두 개나 달고 있었다. 철딱서니 없는 영만이는 그 덧니가 귀엽다며, 길자 옆자리에 앉길 희망하는 녀석도 있었다. 하여, 심술단지인 나는 급장의 품위를 생각 않고 칠판에 큰 글씨로 '쌍 뻐드렁니 드라큘라'라고 써버렸다.

그 사건 이후, 어느 날 체육시간이었다. 철봉에 매달려 턱걸이를 하는데, 치켜올라간 메리야스 사이로 나의 볼록 솟아 있는 배꼽이 드러났다. 그 모습이 하필 길자의 눈에 포착되었던 것이다.

교실에 들어가니 어김없었다. 칠판에 큰 글씨로 '똥배꼽, 똥고집, 똥반장은 물러나라'라고 쓰여 있었다. 길자년의 짓이었다. 그렇게 '쌍 뻐드렁니'는 급장 선거에서 은밀하게 반란표를 모아 '똥배꼽'에게 처절한 아픔을 안겨준다.

거짓말을 조금 보태면, 하늘이 노랗게 보일 만큼 참담한 실패의 기억이다. 그것은 긴 여운으로 남아, 이후 길자년을 더욱 멀리하게 된다. 덧니를 뻐드렁니로, 그것도 쌍 뻐드렁니로 부른 게 애시당초 잘못이었다.

어른불알과 땅개

어금버금한 또래 중에서 5학년 1반의 67명이나 되는 남녀 학생 중에서 싸움 잘하기로 으뜸인 태식이, 불알이 마치 어른 같다 해서 별명이 어른불알인 태식이만 빼고 다른 아이들은 나의 착실한 백성, 음모도 반란도 없는 순하디 순한 백성이었지. 설령 껄적지근한 놈이 먼저 자라는 콩나물 대가리처럼 삐져나오면 콩나물 대가리에다 정조준해 박치기로 한 방, 센 놈은 두 방, 질긴 놈은 세 방, 그런데도 땅개라는 별명의 영만이 자식, 어른불알보다도 무섭고 징허디 징한 땅개 같은 자식이 마치 우리 반에 충치처럼 박혀 있어서 하마터면 급장 선거에서도 떨어질 뻔했지. 땅개가 길자라는 년과 눈이 맞아서 기호 2번 대철이 쪽으로 기울 뻔했지. 바라만 보아도 좋은 은경이에게 아무도 모르게 쪽지를 적어 장래 크면 은경이랑 결혼하고 싶다고 수작을 건 후, 길자년 단속을 은근슬쩍 부탁했었지. 그런데도 정미소집 아들인 대철이가 워낙 예쁘고 착해 가스나들은 대철이 쪽으로 기울고 있었지. 키 크고 공부 잘하는 은경이의 하늘 같은 협력으로 아슬아슬하게 바지에 오줌 두어 방울 지리며 승리하는 영광을 누릴 수 있었지. 빈 말이 아닌 진짜로 은경이와 결혼하여 은혜를 갚겠다고 다짐을 굳히고 있는데도 나쁘디 나쁜 자식 땅개 같은 자식이 은경이에게 사탕 주며 벌쭉벌쭉 웃으며 접근하는 꼴이라니, 헤프게 선심 베풀며 싸가지 없이 수작거는 꼴이라니. 세월이 흐른 뒤에 돌이켜 생각하니 어느 곳, 어디서나 어른불알이나 땅개같이 미운 놈이 끼어 있기 마련, 충치처럼 눈곱처럼 끼어 있기 마련, 미운 며느리년의 속옷 가랑이에 낀 땟국물처럼 끼어 있기 마련.

어린 나이에 절집에 온 나는 어른불알이나 땅개 같은 놈이 되기로 작심한다. 어금버금한 또래는 멀리하고 선배들 곁으로 다가가 키 높이를 평준화하도록 노력했다. 함께 글 쓴다는 구실로 석성우, 김정휴, 조오현 스님 등을 자주 찾았고, 불교신문사에서 심부름을 하면서도 바른 길이나 옳은 일이면 황소고집으로 밀어붙였다. 총무원에서 심부름을 할 때는 기본에 충실하고 원칙을 지키자는 자신과의 싸움에서 승리하는 채찍질을 이어왔다.

여러 가지 의미에서 10년쯤의 선배스님들에게도 땅개 같은 자식, 어른불알 같은 존재로 미운털이 되어 살았다. 그러다가 늦게야 철이 든다. 영혼이 있는지, 내생(來生)이 있는지, 부처님이 깨달은 내용은 무엇인지, 사무치게 철이 드는 것이다.

영어를 할 줄도 쓸 줄도 모르던 나는 인도에서 3년 머물며 천민 취급을 당하면서도 질기게도 간절심 하나로 외진 길을 걷게 된다. 말라리아에 걸려 죽을 고비도 넘기면서, 미치고 환장할 것 같은 향수병도 견디면서 길에서 길을 걸으며 진정한 의미의 길을 찾는 혹독하고 매서운 나날이 이어졌다.

그러던 어느 날 밤 11시경 담장 밑의 희미한 불빛 아래서 천지개벽하는 깨달음의 순간을 맞이하는 것이다. 빛으로 충만한 환희의 세계에는 의혹도 장애도 말끔히 사라진 평화와 행복, 자유 누림의 시작이었다. 찰나지간에 이룬 종교적 아름다운 체험이었지만 누구에게나 좋은 스승, 착한 벗이 되는 순간이었다.

진리는 편안한 것이다. 평화이며 행복이며 자유 그 자체인 것이다. 진리는 멀리 있거나 높이 있거나 숨어 있지 않는 것이다. 진리는 항시 드러나 있는 것이다. 물처럼 공기처럼 자갈처럼 생활 주변에 드러나 있는 것이다. 다만 집착의 병, 습관의 고리를 끊지 못하는 간절심 부족이 진리와 한몸을 이루지 못하는 것이다.

깨달은 사람은 참사람을 의미한다. 명예나 재색(財色)으로 윤회하지 않는다. 누가 무엇을 언제 물어도 망설이거나 머뭇거리지 않는다. 남을 속이거나 자신을 속이지 않기 때문이다.

요즘은 할 일 없는 늙은이로 있는 듯이 없는 듯이 살고 있다. 평화와 행복과 자유를 누리며.

나는 단순한 사람이다. 누우면 5분 안에 잠이 들고, 화가 나도 10분 안에 풀린다. 젊은 시절 별명은 '일방통행'이거나 '불칼'이었다. 성질이 지랄처럼 급하고 말투와 행동이 거시기하게 거칠었던 탓이다. 그러긴 하나 쉽게 미안해하고 고마워하며, 마음이 여리어 영화를 보면서도 눈물을 찔금거리는 못난이 바보였다.

강한 자에겐 더욱 강하였고, 적당히 타협하는 어설픈 일 따위는 체질상 맞지 않아 전쟁 아니면 평화였다. 학력이 초등학교에 턱걸이하는 수준이라, 틈만 나면 책을 읽었고 돈만 생기면 서점에서 책을 샀다. 손에 잡히는 신문의 사설은 주제와는 상관없이 모조리 읽었고, 인도로 떠날 때쯤 모아둔 책이 3만 권을 넘었다.

대화와 토론을 즐겼으나, 항시 '나를 따르라'는 투의 돈키호테 역할을 담당했다. 거기다가 태어날 때부터 지지리도 못생긴 수상쩍은 얼굴이라, 오해 아닌 선입견을 불러들였다.

예를 들자면 산적 같은 첫인상이라지만 돈 관계는 철저하고 깨끗하다. 생긴 건 막걸리 타입이라지만, 체질상 맥주 반 컵으로도 극락세계를 다녀올 만큼 술과는 거리가 멀다. 능청을 떨거나 아부를 하거나 트릭을 사용하지 않는다.

직설적인 바른말을 즐겨, 내 주변엔 사면초가라는 말이 합당할 만큼 적이 많다. 『탈무드』에 박힌 말을 흉내 내는 것은 아니지만, 내 나이 또래는 도반이 될 수 없을 만큼 7살, 10살 위의 선배들과 어깨동무하며 인생과 개똥철학을 즐겨 토론하면서 내 위치를 확보해갔다.

지금 생각해보면 허허로운 웃음뿐이지만 당시엔 솔찬히 옹골찬 사내 중의 사내였다.

옹골찬 싸움꾼도 노승이 되어

나는 어린 시절 공부도 잘하지만 싸움도 잘하는 아이였다. 여기서 싸움 잘한다는 의미는 자주가 아닌 한 번을 하더라도 승부욕이 강한 매서운 주먹질을 뜻할 터이다.

시골이라 태권도장도 없고 설령 있다 해도 가정형편이 땅바닥을 기고 있어 배울 처지도 아니었다. 그러므로 나의 싸움 기술에는 스승이 있을 턱 없다. 단지 옹골찬 주먹만을 믿고 상대가 누구든 빈틈을 노려, 헛방이 아닌 주먹의 한 방을 날린다는 것이다.

대개는 한두 방에 상대는 코피를 흘리며 쓰러지지만 땅개 같은 자식 영만이만은 만만찮은 상대였다. 그럴 경우 져주는 척하다가 기회를 노려 영만이의 사타구니에 발길질로 일격을 가하면 상황 끝이다.

하여, 공부도 잘하여 반장의 수명도 늘렸지만 옹골팍진 싸움꾼으로도 한 반의 아이들을 평정하고 있는 독재자였다. 어린 시절을 되돌아보면 항시 꺼이꺼이 울고만 싶은 눈물방울이 따라온다. 어머니는 큰 스승이셨고 자애로운 부처님이셨다.

어머니의 말씀에는 따끔한 회초리와 부드러운 칭찬이 함께했었다. 어두움을 지적하신 다음에는 빛으로 충만할 아이의 밝음도 조명해 주시는 지혜로운 어머니셨다.

가난은 한동안 불편한 그림자가 되어 배고픔으로 이어졌으나, 어머니의 지혜의 말씀에는 배가 부른 용기와 희망이 깃들어 있었다. 마음의 키를 키우는 어머니의 말씀이 그리운 오늘이다. '어머니!', 길게 부르면 서러워지는 오늘이다.

옹골찬 싸움꾼도 노승이 되어 어머니 가신 길을 따라가고 있는 오늘이다.

어떤 스님의 러브스토리

스무 살이 된 어떤 스님이 있었다. 진주에 들렀다가 설창수 시인의 시화전이 열리고 있는 2층의 다방에서 시인의 소개로 초등학교 여선생님을 만나게 된다. 하동의 북촌에 있는 자그마한 학교가 그녀의 직장이었다.

그 어떤 스님은 해인사로 돌아와 참선 수행을 하고 있었다.

예전처럼 간절심이 모아지지 않고 마음이 촛불처럼 흔들거렸다. 여선생은 이따금씩 짧은 사연과 함께 사탕이랑 초콜릿을 담아 소포로 보내왔다. 그 어떤 스님은 해인사의 선원에서 러브스토리의 주인공으로 입방아질에 오르고 있었다. 하여, 소포나 편지도 보내지 말라며 거리를 두기 시작한다.

그 후 세월이 흘러 그 어떤 스님은 군 복무까지 마치고 불교신문사에서 심부름을 하게 된다. 그의 직책은 편집국장이었다. 어느 날 편집국장실에 한 아가씨가 찾아온다.

그녀가 내민 봉투 안에는 그녀의 언니, 초등학교 선생님이 일기장 속에서 울고 있었다. 사연인즉 그녀의 언니는 그 어떤 스님이 첫사랑이자 마지막 사랑이었고, 몇 년 전 암으로 세상을 떠났다는 것이다.

그녀의 언니 무덤은 조영남의 노래로 유명해진 화개장터의 인근 산이라는 것. 그녀는 말했다. 어느 주간지에서 배우 김희라와 함께 찍은 사진과 기사를 보고 찾아오게 됐다고. 본인은 항공사 승무원이고, 언니의 소원은 어떤 스님이 일 년에 한 차례쯤 화개장터의 무덤에 와 자작시를 읊어주는 것이라고.

가슴이 먹먹하여 할 말을 잃고 있었다. 그 아가씨는 초등학교 선생님의 일기장을 주고 갔다. 그 어떤 스님은 심하게 흔들리며 꺼이꺼이 몸과 마음으로 용서를 빌며 울고 있었다.

자작시를 준비해 국화꽃다발을 초등학교 선생님의 무덤에 놓고, 그 어떤 스님은 몇 년이고 몇 년이고 화개장터를 찾아가곤 했다. 이제는 까마득한 전설이 되어 화개장터는 노랫말처럼 '있을 것은 다 있고요 없을 것은 없답니다'를 남기며 멀어져 가고 있다.

추억은 누구에게나 있기 마련이고, 러브스토리 또한 자신만이 지키고 있는 비밀이 되어 또 하나의 꽃으로 피어나고 있을 터이다.

원주에 있는 제1하사관학교에서 28주 동안 단기하사교육을 받을 때였다. 일요일이면 기독교와 천주교 신자들은 모여서 예배와 미사를 즐길 수 있었다. 그러나 불교 법회는 그림자도 찾아볼 수 없었다. 교육생 신분으로 엄두 낼 일이 아니었으나 학교장실을 찾아갔다.

그때 학교장실엔 두 명의 대령이 앉아 있었다. 한 분은 학교장이고 한 분은 참모장이었다. 당돌한 교육생의 항의성 방문과 건의에 대해 학교장은 침묵했으나, 참모장은 관심을 보였다. 해인사 승려였으면 『반야심경』 몇 구절을 설명해 보라는 것이었다. 참모장은 불자였던 것이다. 하여, 일요일마다 교육생 신분으로 법사 대행을 맡아 법회를 뜨거운 호응 아래 매주 진행했다.

단기하사가 되어 배치받은 곳이 강원도 화천군 사창리의 '이기자 부대'였다. 수색중대의 신참 분대장이 되어 고된 일정을 몸으로 익혀가고 있었다. 그러나 이기자 부대에 군법당은 있었으나 장교법사가 없어 일요법회는 개점휴무 상태였다.

당시 사단장은 별이 둘, 단기하사와는 하늘과 땅보다도 먼 거리의 높은 신분이었다. 접근은 허락되지 않았다. 수색중대는 사단장의 숙소 경비도 맡고 있었다. 선임하사를 설득해 겨우 숙소를 방문하게 된다. 사단장은 사복 차림이었고 그 부인이 뜬금없는 방문자를 미소로 맞이해주고 있었다. 그 부인은 독실한 불교신도였고 사단장 역시 육사생도 시절부터 불교반 학생이었던 것이다. 그런 인연으로 사창리 군법당 대성사의 법회는 매주 열리게 된다. 법사는 단기하사 이용주였던 것이다. 이후 삭발하고 승복을 걸친 어엿한 스님으로 군 복무 3년을 마치게 된다.

하사관학교의 참모장과 이기자 부대의 사단장은 별 셋을 단후 예편한다. 돌이켜보면 까마득한 전설이 되어 노승의 눈시울에 담기고 있다. 인연과 기회는 스스로 만들어가는 것이다. 육군하사 이용주는 지금은 머리와 수염이 허연 미륵산의 산신령으로, 할 일 없이 평화와 자유 누리며 살고 있다.

창
건
주
할
머
니
와

군
법
사
대
행

나는 군복무 시절, 사단장의 지시로 사단 법당인 사창리의 대성사에서 일요법회를 맡는 군법사 대행을 맡게 된다. 그때부터 군복이 아닌 승복으로, 군인의 짧은 머리가 아닌 삭발한 모습으로 바뀌게 된다.

군법당 대성사는 원래 할머니 한 분이 슬레이트 지붕으로 절을 짓고 살고 있었는데, 사단 사령부에서 기와집으로 법당과 종각을 짓고 첫 군법사로 이용주를 발령하게 된 것이다. 이용주는 호적에 담긴 향봉 스님의 본명이다. 그런데 그 대성사에는 창건주 할머니가 주지처럼 조실처럼 위세를 부리며, 군종병 스님들의 시어머니 역할을 담당하고 있었다.

사찰경제를 쥐고 군법사 역할을 담당하는 육군하사 이용주를 쥐락펴락하고 싶었던 것이다. 아는 분은 이미 다 익히 아는 바이고 소문으로라도 들은 분들은 등 돌릴 만큼 이용주의 타고난 성품, 일 방통행의 불칼 성질은 예나 지금이나 소중한 전통으로 지켜오고 있다. 그러니 군법당 대성사에서 크고 작은 다툼이 있을 것은 뻔한 일이요 정해진 이치이다. 무당불교 쪽이 창건주 할머니의 체질이 라면, 경전 중심이 육군하사 이용주의 고집이었으니까.

예전 불교신문사나 총무원에서 함께 일한 사람이라면 빤히 예견할 수 있는 일이겠지만, 이용주의 경전 중심이 할머니의 무당 체질을 이기고야 만다. 하여, 시어머니격인 창건주 할머니가 며느 리격인 육군하사 이용주의 눈치를 살필 지경에 이르고 만다. 주객 이 바뀌는 과정에 있어 일요일 법회의 호응도가 점점 배가되었고, 사병 중심에서 위관장교와 영관장교의 부부 동반이 늘어나자, 창 건주 할머니가 칭찬 겸 핀잔 조로 법회의 호응도를 '참기름 바른 입'의 조화로 받아들이며 슬그머니 시어머니와 며느리의 평등성 을 인정하게 되었던 것이었다.

그런데도 창건주 할머니에겐 끊임없이 무당귀신이 따라다니 는지, 영관장교를 만나면 내 눈치를 살피며 5대조 귀신 타령을 요 령껏 팔자로 풀어대는 것이었다. 예를 들자면, 먹이가 될 만한 영 관장교를 만나면 제대로 문다.

"5대조 할아버지가 출셋길을 꽉 막고 있구먼! 제사 한번 제대 로 차려주지 않으니 5대조 할아버지가 심술을 부리는구먼. 거나하 게 제사 한번 차려주면 진급은 물론 가족 건강도 좋고 앞길이 술술

풀릴 터인데…."

　말끝을 흐리는 창건주 할머니는 혀를 끌끌 차대는 연기도 잊지 않는다. 이쯤 되면 진급에 목말라 있는 당사자들은 순간 이성을 잃고 창건주 할머니한테 매달리며 거나하게 차리는 제사상 흥정을 벌이게 된다.

　육군하사 이용주는 '참기름 바른 입'으로 부처님 경전 중심을 등불로 삼는 편이면, 창건주 할머니는 '양심에 털 난 허풍과 거짓을 진실인 양 꾸미는 못된 혀의 노동'으로 남의 재산을 뺏어오는 사기극을 즐겼던 셈이다. 배고픈 5대조 할아버지에게 차리는 제사상이 거나해질 것은 정해진 이치이다. 글쎄, 귀신이 되면 음식을 소화시킬 수 있는 위도 덩달아 커지거나 수십 개가 생기는 것인지 과일에 떡에 부침개가 푸짐하게 펼쳐진다. 거기다가 배고픈 할아버지는 용돈도 필요한 것인지 현찰 든 봉투까지 놓이게 된다.

　자, 이쯤해서 부끄러운 일이지만 되짚어 살펴보자. 무늬와 무게만 다를 뿐이지, 창건주 할머니와 같은 엇비슷한 행위가 부처님 도량에서 전통사찰에서 법당에서 크고 작게 이루어지고 있지는 않은지, 냉철한 반성과 자기점검이 철저히 이루어져야 할 터이다.

　바른 불교는 바른 신앙을 자라게 한다. 바른 신앙은 미래를 밝히는 빛이 되어 우리네 생활공간으로 되돌아온다. 사찰경제를 앞세우며 흔들리는 모습, 이제는 멈추고 부처님의 가르침으로 우뚝 서야 한다.

엄마가 섬 그늘에 굴 따러 가면
아이가 혼자 남아 집을 보다가
바다가 불러주는 자장노래에
팔 베고 스르르르 잠이 듭니다.
아이는 잠을 곤히 자고 있지만
갈매기 울음소리 맘이 설레어
다 못 찬 굴 바구니 머리에 이고
엄마는 모랫길을 달려옵니다.

-〈섬집아기〉

고향땅이 여기서 얼마나 되나.
푸른 하늘 끝닿은 저기가 거긴가.
아카시아 흰꽃이 바람에 날리니
고향에도 지금쯤 뻐국새 울겠네.

-〈고향땅〉

노래 〈섬집아기〉와 〈고향땅〉의 가사이다. 인도와 네팔, 티베트에 머물 때, 천 번이고 만 번이고 부른 노래이다. 고향 생각은 눈물이었고 그리움이었다. 미치고 환장할 만큼 지독한 향수병을 앓았다. 그때마다 간절심을 잠시 벗어두고 흥얼거린 게 〈섬집아기〉와 〈고향땅〉이었다. 지금도 두 노랫가락이 가슴에 박혀 먹먹해져 눈물방울이 되고 있다.

바다가 보이는 곳에서는 바다를 바라다보며 노래 불렀고, 숲속에서는 나무가 되어 두 노래를 불러들였다. 티베트에서 고산병으로 쓰러져 죽음 가까이 이르렀을 때도, 두 노래를 떠올리며 어머니와의 추억 줄기를 찾아나섰다.

하사관학교에서 28주간의 교육이 끝나게 되면 일주일간의 휴가를 준다. 당시 단기하사 후보생의 월급은 4천 원이었다. 7개월간 모은 돈으로 고향집의 어머님을 찾게 된다. 어머니에게는 하루 동안의 출장이라며 내일이면 떠나야 됨을 알려주었다. 어머니 곁에서 잠이 든 후, 아마도 소변이 마려워 일어났을 터이다. 어머니는 호롱불을 켜놓고 상 위에 깔려 있는 쌀에서 뉘를 골라내고 있었다. 어머니는 나의 등을 쓰다듬으며 말하였다.

　"니가 어떤 자식인디, 날 새면 떠난다는디. 좋은 밥 해주고 싶어서 뉘를 고르고 있지야. 뜻은 모른다만, 니 앞길 좋으라고 '관세음보살, 나무아미타불' 부르고 있지야."

'똥물 사건'과 '곡괭이 사건'의 주동자

까마득한 전생의 이야기 하나 해보겠다.

1967년에서 1972년까지 해인사 선원에서 정진할 때인데, 아마도 1968년 봄에 일어난 일이다. 해인사의 최고 어른인 방장스님 방에는 자운 스님, 영암 스님, 지월 스님이 즐겨 차담을 나누고 계셨다. 그 후 종정을 역임하신 혜암 스님이나 법전 스님은 그 계열에 끼지 못할 만큼 해인사에서는 손꼽히는 어른들 모임이다.

그 큰스님들은 가끔씩 모여앉아 구운 은행알과 같은 마 등을 드시고 있었다. 우리 대중은 몇 년이 가도 한 차례도 만날 수 없는 고급 음식이었다. 하루는 벼르다가 똥간에서 똥물을 양동이에 반쯤 담다, 어른스님들이 앉아 계신 방장실 문을 열고 냅다 똥물을 쏟아내며 "먹거리는 대중이 평등해야 합니다"며 외쳐댔다.

1969년 동지 다음날 내가 주동이 되어 선방스님들이 곡괭이와 삽을 들고 주지실과 총무실 등 방 구덕을 모조리 파헤치는 수행승들의 난동 사건이 벌어졌다. 하여, 합천경찰서 유치장에 주동자 넷은 갇히게 되고 당시 종정이신 청담 스님과 총무원장이신 월산 스님도 유치장에 찾아오셔서 뵙게 된다. 그 후 입영 영장에 의해 3년을 단기하사로 복무하게 된다.

제대 무렵 누군가가 불교신문의 편집국장 자리가 비어 있다기에, 일주일짜리 휴가증 달고 총무원장이자 불교신문사 사장인 영암 스님을 만나게 되었다. 영암 스님은 똥물 사건 때 해인사에 계셔서 나를 잘 기억하고 있었다. '편집국장으로 임명해 주십사' 하니 '불교신문 기자는 다 대학 졸업자인데 대학 나왔느냐'고 묻는다. '원장스님께서는 신문사 사장도 겸하고 계신데 대학 졸업장이 저처럼 없지 않느냐며' 대들었다.

하여 그날 편집국장 서리로 임명받게 되는데, 그때는 제대를 한 달 앞둔 현역병이었다. 당시는 사창리의 군법당에 머물고 있어 삭발염의한 모습이었다. 그 후 국장서리 떼고 부사장까지 오르며 7년을 불교신문사에 머문다. 책도 여러 권 펴내게 된다.

법
거
량
과

선
문
답

내가 해인사에 머문 기간은 60년대 말에서 70년대 초까지 6년 남
짓이다. 당시 해인사에는 성철 스님이 방장으로 계셨고, 용탑전에
는 고암 스님이 계셨다. 영암 스님, 자운 스님, 지월 스님, 일타 스
님, 혜암 스님, 법전 스님, 지관 스님 등도 해인사의 대중이셨다.

　이 분들 중 고암, 성철, 혜암, 법전 스님께서는 종정을 역임하
셨고 지월, 일타 스님께서는 수행의 참스승으로 전설이 되신 분이
다. 해인사 선원에 자주 다녀가시는 분으로는 청담, 서옹, 향곡 스
님 등이었고, 당대 최고 선지식스님들의 불꽃 튀는 법거량(法擧量)
이 이어졌다.

　어떤 스님은 앉아 있던 방석을 큰스님들 앞으로 내던지며 달
마가 동쪽으로 온 뜻을 물었고, 어떤 수행승은 찻잔을 들어보이며

찻잔에 담긴 물이 한강의 물과 다르냐고 묻기도 했다. 당시 나는 초입자라서 그런 광경이 경이롭고 신기해 선문답(禪問答)에 관심이 고조되었다.

선지식 스님 중에는 고암 스님과 서옹 스님은 미소로 답하셨고, 성철 스님은 일관되게 '아니다'는 말씀을 자주하셨는데, 향곡 스님은 달랐다. 묻는 스님에게 되물음을 자주 하셨고 '상당하네' 하시며 격려하는 여유를 보이셨다.

나는 무비 스님, 혜국 스님, 도법 스님과 함께한 지리산의 야단법석에서 수차례 밝혔었다. 법거량이나 선문답은 장소와 상대 가리지 않고 활발발하게 이루어져야 한다고. 나는 요즘 장소와 상대를 가리지 않고 선문답을 즐기고 있다. 거량이나 문답을 위해 찾아오는 이는 누구나 나의 귀한 손님이다.

베스트셀러, 『사랑하며 용서하며』

불교신문에 「무설전」과 「천수천안」이라는 고정박스를 만들어 연재를 시작했다. 집필은 내가 담당했다. 당시 불교신문사에는 선원빈, 최정희, 김인수, 김윤세 등 기자 네 분이 있었다. 네 분은 실력이 탄탄한 베테랑 기자였다. 나는 여러 가지 의미에서 초입자였다. 글의 실력을 늘리기 위해 고정 칼럼난의 집필자가 되겠다며 네 분의 양해를 구했다. 하여, 일주일마다 한 차례씩 발행되는 불교신문의 「무설전」과 「천수천안」은 나의 잡필로 채워지게 된다.

소소한 이야깃거리가 소복소복 담겨 한 권의 책이 발간된다. 『무설전』이라는 손바닥 크기의 작은 책이었다. 물론 자비출판이었다. 그런데 '사랑'이라는 출판사에서 그 무설전을 보고 글을 더 모아 책다운 책을 내보자며 솔깃한 제의를 해왔다. 그렇게 하여 『사랑하며 용서하며』가 사랑출판사에서 발간된다. 이 책은 나중에 판권을 밀알출판사에서 이어받아 같은 책이름으로 발간되는데, 팔린 책이 60만 부에 이르게 된다. 베스트셀러로서 긴 생명을 유지하며 장수를 누린 셈이다.

세월이 흐른 뒤 불교신문과는 작별한 후『무엇이 이 외로움을 이기게 하는가』,『겨울장마』,『까치밥』,『작아지는 아이』,『언제를 위해 오늘을 사는가』 등을 연달아 펴냈지만,『사랑하며 용서하며』만이 자그마한 전설로 남아있을 뿐이다.

세상의 모든 사람들에게 사랑은 밥이다. 물이다. 공기이다. 크고 작은 사랑 속에서 사람의 키는 자라고 마음은 철이 들게 되는 것이다. 사랑에는 설렘만 있는 게 아니다. 눈물도 웃음도 빛도 어둠도 있는 것이다. 하여, 용서하는 마음, 받아들이는 마음, 이해와 배려하는 마음이 후회를 줄이게 되는 것이다. 너와 나, 우리 모두는 사랑하며 용서하며 살 일이다.

1976년 여름, 월정사 부근의 묘목장에서 마을의 아주머니들이 밭에서 일하고 있었다. 그들의 하루 품삯은 단돈 800원이었다. 당시 800원을 미국 돈으로 환산하면 1달러 40센트쯤 된다. 품삯을 지불할 수 없는 농어촌에서는 품앗이를 즐기는데, 품앗이란 힘든 일을 교대로 품을 지고 갚는 노동력의 상호교환을 뜻함이다. 여기서 품이란 하루 노동을 의미한다.

　　당시 나는 불교신문의 기자였고, 월정사에서 탄허 선사와의 인터뷰를 끝내고 서울로 돌아오는 길에 묘목장에 잠시 들렀던 것이다. 그때의 불교신문에 박힌 것이 '산골 아줌마 일당 800원'이었다. 우리나라가 얼만큼 눈부시게 발전했는지를 아줌마들의 하루 품삯 800원이 증명해 보여주고 있는 것이다.

1966년 해인사에 종합수도 도량인 총림이 설립된 후, 수많은 선객들이 몰려들어 해인사 선원은 항시 만원버스 같았다. 그만큼 많은 스님들이 모여 정진의 등불을 밝히고 있었다. 90일간의 정진 기간이 끝나 해제일에 선방스님 한 사람에게 지급되는 돈은 200 원이었다. 그 당시 나라도 가난하였고 사찰도 가난하였기 때문이다. 무비 스님은 여러 차례 자신이 받은 200원을 내게 주었다.

당시 해인사에서 찰밥 공양은 보름에 한 차례씩 대중이 목욕하는 날에나 만날 수 있는 특식이었다. 지금 생각하면 까마득한 전생의 일로 느껴진다.

아주머니들의 하루 품삯이 800원이고, 3개월을 정진하고 떠나는 스님들에게 여비에 보태쓰라는 돈이 200원이었던 것이다. 200원이 요즘의 해제비였던 것이다. 한국에는 전설이 살아있다. 사찰에서도 살아있었다.

승
려
시
인
회

1970년 봄, 나는 오현 스님과 정휴 스님을 처음으로 만나게 된다. 정휴 스님은 불국사 강원의 강사일 때 내가 찾아가 만났고, 오현 스님은 직지사 말사인 계림사 주지를 맡고 있을 때 찾아가 만나게 된다. 그들은 이미 글 쓰는 스님으로 알려진 선배들이었다. 여기에 범어사의 성우 스님까지 함께해 '승려시인회'가 만들어지는 것이다. 오현 스님이 회장을 맡고 내가 총무를 맡아 회원 수를 늘리기로 한다. 석지현, 이병석, 정다운 스님이 합류하게 된다.

지현 스님은 화개사의 백상원에서 공부하는 종비생이었고, 병석 스님은 김해 봉화사에 머물고 있었다. 물론 내가 찾아가 처음으로 만남은 이루어졌고 승려시인회는 키가 크고 있었다. 두 분이 더 있긴 하나 사연이 있어 하산(下山)한 시인들이라 그 이름은 밝히지 않기로 한다.

불교신문사의 선원빈 부장도 만나, 종단의 기관지인 불교신문에 승려시인 릴레이 시(詩) 발표도 하며 시인 소개와 함께 얼굴을 내밀게 된다. 동인지『승려시집』도 연이어 발간하게 되는데 그 비용은 총무인 내가 담당했다.

1969년 겨울 해인사 선원의 정진하는 대중이 곡괭이 삽을 들고 주지실과 총무실 등의 방 구덕을 파헤치는 난동사건이 있었다. 사회 여러 신문과 불교신문에 크게 보도된 사건이었다. 그 사건의 주동인 나는 합천경찰서 유치장에 갇혔다가 풀려나게 된다.

하여, 그 사건 이후 향봉이는 불교계에서 조금은 유명인이 되는 것이다. 여비로 보태 쓰라며 주지스님들이 적잖은 돈을 내게 주었다. 그 돈을 모아『승려시집』을 발간하게 되는 것이다. 그 당시엔 한 해도 거르지 않고 승려시인들이 동아일보, 중앙일보, 조선일보, 한국일보 등 일간지 신춘문예에 시와 시조 당선자로 발표되곤 했다. 석지현, 석성우, 김정휴, 정다운이 그들이었고 환속한 두 분도 신문사 신춘문예 출신이었다.

세월이 흐른 뒤 되돌아보면 까마득한 전전생의 일로 흐릿하게 남아 있다. 이청화, 박진관 스님 등도 참여해 승려시인회는 날로 그 숫자를 더하게 된다. 모두 다 노스님이 되어 있을 시인 스님들이 그리운 오늘이다.

사
람
다
운
사
람

이 세상에서 가장 훌륭한 사람은 이 세상에서 가장 사람다운 사람
이다. 있는 그대로 꾸밈이 없고 없는 그대로 보탬이 없는 사람. 시
장바닥에서 젖은 생선을 팔고 길거리에서 쓰레기를 쓸고 있어도
순수한 마음, 티 없이 맑은 미소를 잃지 않으며 어린아이처럼 환
하게 웃을 수 있는 사람. 서러울 땐 엉엉 소리 내어 울 수 있고 성질
날 땐 깨진 접시 한 개쯤은 박살낼 수 있는 사람. 쉽게 화가 풀리고
쉽게 미안하다는 말을 먼저 하며 수월하게 따뜻하게 웃어줄 수 있
는 사람. 정신분석학이 무엇인지 프로이드가 껌 이름인지 콜라 이
름인지 알 바 없다는 듯이 느긋하게 그러면서도 넉넉하고 당당하
게 일하는 즐거움으로 사는 사람. 베푸는 마음으로 적은 것으로도
만족할 줄 아는 사람. 오늘의 걱정은 내일에 가서 하겠다며 즐거운

마음으로 주어진 일에 충실하며 더러는 휘파람으로 유행가도 부를 수 있는 사람. 마음이 따뜻하여 이웃끼리 형제끼리 오손도손 이야기 나누며 TV 연속극을 보면서는 눈물 흘릴 수도 있는 사람. 지난 잘못은 두 번 다시 들추지 않고 남의 허물은 입에 담지 않는 사람. 붕어빵 한 봉지쯤 걸인 손에 쥐여주고 가족 생일 잊지 않고 꽃 몇 송이 준비할 줄 아는 사람. 이 세상에서 가장 훌륭한 사람은 이 세상에서 가장 사람다운 사람이다.

좋은 세상을 만들어가는 사람다운 사람이다. 사람이 사람을 편하게 덮어주는 사람다운 사람이다.

나의 시 〈이 세상에서 가장 훌륭한 사람은〉 전문이다.

사람은 사람 냄새가 풍겨야 사람이다. 사람은 사람다워야 사람이다. 가슴이 따숩고 군불 지필 줄 아는 사람이 사람이다.

돌이켜보면 눈물뿐인 바람

바람이었어. 머무름 없이 스쳐 지나가는 바람이었어. 돌이켜보면 눈물뿐인 바람이었어. 그대 떠난 빈 자리에 빈 터만 남아 깃털같이 부드러우면서도 끈끈한 미소만 남아. 둥지 틀고 오래 머물고 싶었던 추억만 남아 느낌표끼리 몸 비비며 외로워 떨며 바람으로 떠난 자리, 홀수로 와서 그대 이름 나직이 불러보며 돌이 되나니 바람이라도 좋아, 다시 한 번만 더, 뼈까지 녹여주던 그 사랑 이야기. 그 끈끈한 사랑 이야기 더 들려주렴.

젊은 시절에 쓴 〈사랑 이야기〉이다. 사랑 이야기는 추억 속에만 담겨 있는 게 아니다. 젊든 늙든 사랑 이야기는 항시 진행형이어야 한다. 그 상대가 남자든 여자든, 아니면 깨달음이든 자유에

46

대한 그리움이든 사랑은 아름다운 것이고 설렘 그 자체인 것이다.

그러나 베아트리체는 단테만의 연인은 아닌 것이다. 사랑은 흔들리면서 또 하나의 부활을 꿈꾸게 되는 것이다. 사랑은 언제나 쓴 그림자를 남기는 법이다. 영원한 사랑은 소설 속에만 박혀 있을 뿐 윤회를 거듭하며 철이 드는 게 사랑의 본성인지도 모를 일이다. 지나간 사랑은 추억 속의 사랑일 뿐 사랑이 아니다. 사랑은 생물이라서 오늘의 사랑이 사랑이다. 사랑 이야기는 누구에게나 진행형의 사랑 이야기가 생명력 있는 참 사랑 이야기일 터이다.

사랑은 흔들리게 되어 있다. 흔들림 속에서 철이 들고 시야가 트이게 되기 때문이다. 권태와 불만으로 가볍게 핑계 대거나 변명할지 모를 일이나, 돋보기안경처럼 사람 따라 다른 시력 상태에 따라 안경의 선택이 바뀔 수 있는 것이다. 사랑의 감정만큼 윤회를 즐기는 변화도 없을 터이다. 사랑 이야기는 살아있는 한 이어지는 드라마일 테니까.

타는 목마름의
원초적 본능

세상 살아가는 거 뭐 별 게 아니올시다. 인생이라는 거 삶이라는 거 뭐 별 게 아니올시다. 사랑이라는 거 이별이라는 거 뭐 별 게 아니올시다. 잠시 잠시 동안 단막 단막으로 이어지는 몇 마당짜리 연극배우 되어 잠시 잠시 동안 배역과 무대를 바꾸다 보면, 뭐 별 게 아니올시다. 세상 살아가는 거 뭐 별 게 아니올시다. 아! 아! 그런데도 그런데도 뭐 별 게 아닌데도 이별은 죽음보다도 더욱 슬프고 사랑은 생명보다도 더욱 깊어라. 그리움은 화두(話頭)되어 뼈에 박히고 지난날은 사리(舍利)보다도 더욱 빛나라. 흘러가는 것은 흘러가는 대로 흘러가게 하고 그리운 것은 그리운 대로 그리움만 먹고 살았더니, 애인이여! 나의 사랑하는 애인이여! 산이 텅텅 비인 밤에는 바람만 불어도 울고 싶어라. 바람 부는 날 밤엔 울고 싶어라.

나의 시 〈세상 살아가는 거 뭐 별 게 아니올시다〉의 전문이다.

수행자에게도 사랑하는 애인이 있느냐고 묻는다면, 한용운 스님 시에서 조국이 '임'이 될 수 있음을 구차스럽게 설명해야 할 터. 그러나 한용운 스님처럼 애국지사가 아닌 나에게는 상대가 무엇이 되든 그리움은 그림자처럼 따라다녔다. 인생의 절반이 슬픔이요 기쁨이라면, 젊은 시절의 나에겐 절반이 간절심이요 절반이 그리움이었다. 여기에서의 간절심이란 인고의 아픔을 딛고 마음 챙기며 정신을 모아가는 깨달음이었고, 그리움 또한 타는 목마름의 원초적 본능에 대한 채찍질의 꺼지지 않는 불길을 의미한다.

돌이켜보면 눈물방울이다. 허무의 그림자이다. 참으로 인생이란 별 게 아닌데….

누나의 웃음과 형님의 울음

아이의 울음은 단순하다. 종일을 울어도 목이 쉬거나 눈에 핏발이 서거나 눈두덩이가 부어오르지 않는다. 그러나 어른은 다르다. 한두 시간만 울게 되면 목이 쉰다. 눈에 핏발이 선다. 눈두덩이가 부어오른다. 아이는 단순한 울음을 울지만, 어른은 복잡한 울음을 쥐어짜며 설움을 끌어들이기 때문이다.

우리집의 누나는 사설(私說)을 늘어놓으며 긴 소설을 읽어내리듯 슬픔을 쥐어짜며 우는 스타일이다. 우리집 형님은 침묵 속에서 우는 낌새를 주위에서 알아차릴 수 없게 가슴으로 운다. 두 뺨에 흘러내리는 뜨거운 눈물이 형님의 슬픔을 조용히 보여줄 뿐.

그러나 우리집 누나는 웃을 때 깔깔거리며 온몸으로 웃는다. 거짓이 없는 참 웃음이다. 진솔하고 순수한 웃음이다. 우리집 형님은 웃을 때 너털웃음을 웃거나 헛웃음을 즐기는 편이다. 진실성이 달아난 거짓 웃음이다. 상대를 대접하기 위한 꾸밈이 있는 웃음이요, 분위기에 맞춰가는 웃음이기 때문이다. 순수함도 없고 진솔함도 없다. 처세학에서 배어나옴직한 헛웃음이기 때문이다.

나의 경우 누나와 형님 사이를 오고 가며, 울음도 절충형이요 웃음도 반반의 시소 게임을 즐긴다. 누나의 울음은 가짜가 섞일 수 있으나, 웃음은 온몸 그대로 순수하고 진실하며 아름답다. 형님의 웃음은 가짜가 끼어 있을 수 있으나, 울음은 진솔하고 참되고 울음다운 진짜배기 울음이다. 나도 나이가 들수록 아이의 울음을 닮고 싶다. 형님과 누나의 장단점을 가리면서.

간
절
하
게

철
이

드
는

때

나는 내장사 주지를 마칠 무렵 철이 든다. 간절하게 철이 드는 것이다. 오래 전부터 마음속에 또아리를 틀고 있었던 의문들이 한꺼번에 터지기 시작했다. 전생은 있는가? 영혼은 있는가? 부처의 깨달은 내용은 무엇인가?

커피를 마시고 커피 맛을 말이나 글로 표현할 수 없고, 초등학교 졸업 당시 선생님들이 당부의 말씀도 하셨을 터인데, 그 내용을 토씨 하나 틀리지 않게 기억해 옮길 사람은 없을 것이다. 그렇다면 언어와 문자 표현은 완벽하지 않고 사람의 기억력은 한계가 있을 터인데, 부처님의 깨달은 내용을 말씀으로 완벽하게 표현할 수 있었을까? 그 제자들이 기억하는 설법 내용을 마른 나뭇잎에 뼈가시로 옮겼는데, 부처님의 가르침을 얼마만큼 문자로 담아낼 수 있었을까?

의문은 꼬리를 물고 마음을 짓눌리는 돌덩이가 되었다. 하여, 내 스스로 깨달음을 이루는 부처가 되기로 마음을 굳히고 인도와 네팔, 티베트로 떠난다. 오로지 간절심 하나였다. 떠돌이 거지가 되고 노숙자가 되어, 죽을 고비도 몇 차례 넘기며 간절심의 마음을 다잡아왔다. 그러던 어느 날 인도에서 머물 때, 종교적인 아름다운 체험을 하게 된다. 깨달음의 주인공이 되는 것이다. 누구를 속이거나 속지 않는 진리와 한몸을 이루는 것이다.

하여, 중국으로 건너와 7년간 머물며 한문으로 된 경전과 중국의 고어(古語)를 익히게 된다. 종교적 체험 내용을 경전의 가르침에 견주며, 내 스스로 철저히 점검하고 또 점검하며 하나를 이루는 기쁨을 만끽했다.

사람은 누구나 세상의 중심이었던 것이다. 무아(無我)를 사무치게 깨닫고 보면 진리와 한몸을 이루는 것이다. 사바세계가 곧 정토세계였던 것이다. 연기법칙과 무아가 결코 둘이 아닌 하나였던 것이다. 움직이는 것은 모두 아름다운 정토의 세계였던 것이다. 진리를 알면 편안해진다. 자유인이 되는 것이다.

나는 돈과 인연이 많은 사람이다. 주머니는 비었으나, 필요한 만큼
의 돈은 항시 내 곁을 떠나지 않기 때문이다. 하여, 나는 돈에 배고
픈 사람이 아니다. 돈에 끌려다니거나 돈이 나를 묶지 못한다. 비
교적 돈에 자유로운 사람이니까.

　외국 생활 15년을 마감하고, 사자암 주지 소임을 맡을 때 에
피소드다. 신도들 사이에서는 재벌스님이 온다며 헛소문이 무성
했던 모양이다. 인도 3년, 네팔 2년, 티베트 3년, 거기다가 중국에
서 머문 7년까지 합하면 15년인데, 재벌스님이라니….

　나는 1980년에 〈밀알〉이라는 출판사를 차려 초기에 운영했
고, 〈불교문학〉이라는 순수문예지를 계간으로 창간해 발행한 편
집인이었다. 〈불교신문사〉에서 10년 가까이 머물며 편집국장, 주

필, 주간, 부사장까지 역임했고, 총무원의 수석부장인 총무부장에
다 단풍으로 유명한 내장사 주지까지 역임했으니, 모아둔 돈이 꽤
나 많을 것으로 지레짐작했던 모양이다.

하지만 돈 복은 많았으나, 돈을 모아두는 어설픈 짓은 하지
않았다. 맹세코 비자금이 없었고, 비상금 없이 살아왔다. 흘러가
는 물처럼 더러는 바람처럼, 돈이 들어오면 나갔고 나가는 데에도
미련 따윈 두지 않았다. 청빈을 즐겨서도 아니요, 무소유, 무집착
의 삶을 이어와서도 아니었다. 다만 돈을 모아둘 만큼의 필요성,
돈에 대한 절대성이 없었을 따름이다. 언제나 나의 장래는 환히
트인 고속도로였고, 미래에 대한 확신으로 가득했다. 쫀쫀한 게
싫었고 돈에 대한 거머리 근성을 멀리했다.

조계종 총무부장 시절 주지 인사 때 단 한 푼의 돈도, 선물도
받지 않았다. 즉석에서 돌려줬을 뿐. 주변의 신도들이 그런 내가
걱정이 되어 가끔씩 염려의 말을 늘어놓았다. 스님은 노년을 생각
해서 얼마만큼의 돈은 모아두어야 한다고.

요즘 은행 거래가 실명제이다. 나는 우체국 통장 하나가 유일
하다. 예금주는 이향봉이 아닌 속명 이용주로 되어 있다. 아무리
두들겨 보고 찾아보아라. 잔액이 100만 원에서 턱걸이할 뿐이다.
통장 잔액이 100만 원에서 시소 게임을 즐기고 있지만, 나는 진정
으로 편안하다. 통장이 비어 있어 행복할 리는 없겠지만, 그저 떳
떳하고 당당하여 편안하다. 있으면 있는 대로 행복하고 없으면 없
는 대로 자유롭다.

투사는 싸움꾼이다. 자질구레한 싸움이 아닌 명분 있는 정의를 위한 싸움꾼이라고 해두자. 보살은 날개 없는 천사이다. 주린 자에게 먹이를 베풀고 목마른 자에게 물이 되는, 그늘진 자들의 부모이자 친구가 되기 때문이다. 그러나 투사와 보살은 둘이 아닌 하나이다. 투사가 보살이 될 수 있고 보살이 투사가 될 수 있기 때문이다.

80년대의 민주화 운동이 한창일 때 나는 치안본부(지금의 경찰청)의 경승실장으로 6년간 머문 바 있다. 그 당시 운동권 학생을 지칭해 사탄이라고 부르는 경찰도 있었다. 그 사탄들을 만나보면 그들은 눈물과 정이 많은 올바른 학생들이었다. 그들의 주장은 옳았고 그들의 항쟁은 실현되어야 할 민주화였다.

그 당시 나는 내장사 주지도 겸하고 있었는데 하루는 치안본부 경승실에 중년 부인 한 분이 찾아왔다. 내장사 신도라며 서대문 경찰서에 갇힌 딸아이를 풀어달라는 눈물 섞인 애원이었다. 오랜 세월이 지난 뒤 할머니와 딸이 사자암엘 다녀갔다. 그때 풀려나온 딸아이는 교대를 졸업하고 선생도 되고, 시집도 가서 편히 살고 있다는 감사의 인사말을 늘어놓았다. 그 당시 투사가 재판을 거쳐 붉은 줄 전과자로 살게 되었다면 선생님은 될 수 없었을 터.

투사와 보살은 결코 둘이 될 수 없는 하나이다. 싸움꾼은 본래 싸움꾼이 아니었고 보살은 본시 태어날 때부터 보살은 아니었을 터. 환경과 상황이 투사를 만들고 보살에 이르게 되는 것이다. 그 당시 제도권에서 짓밟히고 밀려난 젊은이들이 죄인 아닌 죄인으로 그늘진 곳에서 살아가며 오늘날의 꽃이 되고 열매를 거두게 됨을 되돌아보게 된다. 그들의 희생에 머리 숙이며….

내가 해외에서 머무는 기간에 어머니는 돌아가셨다. 어머니의 임종 순간을 지켜보지 못한 불효자이다. 15년의 해외 생활을 마감하고 인천공항에서 정다운 형을 만났다. 함께 어머님의 산소에 이르러 내가 울먹이며 형에게 말하였다. 어머니가 언젠가 어린 날의 나에게 말씀하신 나의 태몽 이야기이다.

"니가 내 뱃속에 있을 때 태몽을 일주일이나 밤마다 꾸게 되는데, 청룡 황룡이 날아들며 천둥 번개 치는 듯한 큰 울림으로 '이 아이가 장차 자라게 되면 전라도 절반의 주인이 될 것이니라'고 말씀하셨단다."

어머니는 태몽 이야기를 들려주시며 누구에게나 비밀로 해야 효험이 있다고 당부하셨던 것이다. 형이 내 비밀 주머니의 태몽 이야기를 듣더니만, 다음과 같은 소릴 들려 준다.

"어린 시절 어머니가 방문까지 잠그고 내게 들려준 태몽 이야기에는, 청룡 황룡이 보름 동안 어머님의 품속으로 날아들며 천지 개벽하듯 큰 울림으로 허공에서 누군가 말씀하셨단다. '이 아이는 장차 자라게 되면 이 나라의 절반이 이 아이 몫이 될 것이니라'고."

물론 비밀이요 입조심 당부도 잊지 않으셨다는 것이다. 눈치 빠른 사람은 계산이 이미 끝났을 터이다. 일주일과 보름 동안의 간격이, 전라도 절반과 이 나라 절반의 차이는 땅과 하늘 같을 터. 왜 두 아들에게 차별심을 두었는지는 모를 일이나, 가난한 어머니는 현명하셨고 태몽을 믿은 두 아들은 태몽이 좌우명 되어 빛이 되었음은 분명한 일이다.

형제는 어머님의 무덤 앞에서 사이좋게 웃고 있었다. 눈물 반, 웃음 반으로 어머님을 그리워하며….

책은 길이요 빛이다

나는 책을 즐겨 읽는다. 책 속에는 길이 열려 있기 때문이다. 책에는 스승이 있고 벗이 있기 때문이다. 어떤 병이든 효험이 될 수 있는 약이 있다. 목마름을 가시게 하는 물이 있다. 밥도 있다 반찬도 있다. 더러는 채찍도 만날 수 있다. 그리움도 있고 눈물방울도 있다.

누구나 쉬어갈 수 있는 쉼터도 있고, 눈높이를 높여주는 지식의 샘이 있다. 웃음이 있고 마음 짠한 슬픔도 있다. 다툼이 있는가 하면 평화도 있다. 행복과 불행이 촘촘하게 박혀 있고, 자유에 이르게 하는 이정표와 나침반도 만날 수 있다.

사랑 이야기, 영웅 이야기가 활동사진처럼 움직인다. 간접 경험으로 아내나 남편이 될 수도 있고 메타버스의 가상현실 세계로 여행할 수도 있다. 책 속에는 온갖 이야기가 담겨 있다. 생활의 지혜를 배울 수 있다. 진리는 둘이 아님을 가르쳐주고, 빛이 어둠이요 어둠이 빛임을 일깨워준다. 지나간 역사에서 오늘의 삶을 조명할 수 있고, 사상과 철학으로 오늘의 삶을 아름답게 가꿀 수도 있다.

빈손의 개운함도 책을 통해 얻은 삶의 지혜요, 비우기·버리기·나누기도 평화에 이르게 하는 삶의 덕목임을 깨닫게 되는 것이다. 책 속에는 빛이 있고 가르침이 있기 때문이다. 책을 읽으면 배부르다. 책을 읽으면 부자가 된다. 책을 읽으면 길이 보인다. 길에 이르게 되는 것이다. 책은 종교도 될 수 있고, 살아 있는 신앙의 등대가 될 수도 있기 때문이다.

2009년 8월 실상사 대안학교에서는 야단법석이 열리고 있었다. 강당에 모인 청중은 230여 명이었고, 강당 밖에도 많은 대중이 모여 법사스님들의 법문을 듣고 있었다. 당시 야단법석의 법사는 무비 스님, 혜국 스님, 도법 스님, 그리고 향봉 스님이었다.

도법 스님과 나는 야단법석의 필요성을 느껴 열려 있는 법회의 자리를 마련하기로 한다. 하여, 둘은 범어사를 찾아가 무비 스님을 모시게 되고 석종사로 찾아가 혜국 스님의 동참을 허락받게 된다. 하여, 도법 스님의 주관 하에 교재가 만들어지고 강당과 숙소, 공양 준비까지 마치게 된다. 2박 3일간의 야단법석 소식은 신선한 충격으로 다가가, 청강하겠다는 사부대중이 몰리게 되는 것이다.

당시 일간지에는 4명의 법사 사진과 함께 변화하는 불교의 참모습이 기대 반 우려 반으로 크게 보도되고 있었다. 그 뒤 백양사에서 두 차례 야단법석이 이어지게 된다. 고우 스님, 용타 스님, 혜남 스님, 월암 스님, 각묵 스님, 주지인 시몽 스님과 도법 스님 그리고 향봉 스님이 법사로 나서게 된다. 아쉬운 점도 없지 않았으나 사부대중의 뜨거운 관심과 참여에 고마울 뿐이다.

야단법석이라는 이름도 도법 스님의 작품이었고 야단법석의 참 주인공도 도법 스님이었음을 밝혀둔다. 고우 스님은 봉암사에서 입적(入寂)하셨지만 2010년까지 이어진 세 차례의 야단법석에서 진리의 등불을 밝혀주셨다. 다른 법사스님들께도 고마움과 감사 인사를 드린다.

한국불교는 달라져야 하는 것이다. 의식의례 중심의 불교에서 경전과 설법 중심으로 오늘의 지혜를 일깨워줘야 한다. 앉아 있는 불교에서 서 있는 불교로, 받는 불교에서 베푸는 불교로 승가 공동체의 생명력을 되살려야 하는 것이다.

나는 남자이지만 사내는 아닌 듯하다. 수행자도 아닌 듯하다.

바느질이 즐겁고 빨래하길 즐긴다. 구운 고구마 먹을 때 행복하고 밀가루 반죽할 때 마음이 설렌다. 소소한 일거리를 찾아 게으름 없이 몸을 움직인다. 마당도 쓸고 잡초도 뽑으며 일상의 여유를 즐긴다. 내가 좋아하는 음식은 애호박부침, 메밀전, 감자부침을 으뜸으로 즐긴다. 미역국은 밥처럼 날마다 따라다니는 음식인데 치즈 한 장이나 두 장쯤 끓는 미역국에 넣게 되면 국물이 구수하고 미역줄기가 한결 부드럽다. 부침개 만드는 일은 거의 달인 수준이고 바느질 솜씨는 거칠긴 하나 꼼꼼하게 처리한다.

빨래는 삼성의 소형 아기사랑이 맡고 있지만 속내의쯤은 손빨래를 즐기고 있다. 콩 넣고 찰밥을 지어 즐겨먹는데 신도들은 밥 짓는 달인이라며 나를 추켜세운다. 초하루 법회 때도 신도들이 오기 전에 밥 짓는 일은 언제나 내 몫이다. 찰밥이든 잡곡밥이든 촉촉하게 맛깔스럽게 균형과 조화로움을 이뤄 누구에게서나 칭찬받는 밥을 거뜬하게 준비해 두기 때문이다.

나는 근심과 걱정거리를 키우지 않아 마음의 뜰은 항시 개운하고 가뿐하다. 밥 잘하고 반찬 잘 만들고 부침개 잘하고 설거지에 청소 잘하고 바느질에 빨래도 잘하지만, 나는 천성적으로 눈물이 많은 사람이다. 그런데도 성깔은 지랄이다. 불칼이다. 신도들 몇이 모이면 내 성깔을 주제 삼아 입방아질을 즐기는 것으로 이미 알고 있다. 그러나 나는 탓하지 않고, 졸리우면 자고 목마르면 물 마신다. 할 일 없는 늙은이로 평화와 자유 누리며 살고 있다.

사자암 신도들은 셋이 모이고 다섯이 모이면 주지 성깔을 주제로 열띤 토론을 즐기는 줄 이미 알고 있다. 주지 작살내기로 그들의 입이 즐거우면 이 또한 간접 보시일 텐데 뭘.

뒤끝이 좀팽이인 사자암 주지

오늘은 하늘의 문이 반쯤 열린다는 일요일인데, 아침안개가 산허리에 감기더니 종일 내 방에는 수상쩍은 사람들이 드나든다.

오전에는 오십 줄 넘긴 여성 둘이 찾아왔다. 한 명은 사별하고 한 명은 이혼했는데, 용한 무당이 '사자암에 가라' 해서 왔다며 재수 좋은 일, 돈 버는 일을 묻는다. 글쎄, 재수 좋고 돈 벌었으면 일요일 날 산간(山間)에 퍼질러 이불빨래나 하며 짓이길까.

점심엔 일 년 내내 사과 한 알 사온 적 없는 김 처사가 친구까지 데려와, 아껴먹는 군고구마 남김없이 먹어치우고 '사과나 배 없느냐'며 냉장고 안까지 뒤져댄다. 그나마 다행인 것은 땀방울로 일궈놓은 열 평 남짓한 텃밭에서 풋고추랑 깻잎이랑 호박잎까지 따가던 박 보살, 그리고 라면 끓여 먹고 그릇은 대충 씻는 오십 넘긴 노총각이 오지 않은 일이다.

이런 날엔 김이 모락모락 나는 찰떡이나 천 원에 두 개 주는 황금 잉어빵을 사오는 진짜배기 거사나 보살이 한두 명 다녀가면 좋으 련만, 착한 인연은 비켜가고 지지리도 수상쩍은 버거운 인연만 드 나든다.

늦은 오후엔 차라리 해진 삶 다독이며 가벼운 산행을 해야겠다. 마 음을 반의 반쯤은 열고, 그리운 얼굴 떠올리며 염불 대신 구성진 휘파람으로 유행가나 두어 곡 불러 봐야겠다. 추억이 가슴까지 차 오르게, 시린 가슴에 눈물방울 두어 방울 고일 수 있게.

몇 년 전에 낙서 삼아 써둔 '착한 인연은 비켜가고'이다. 선재 동자는 아니지만 일상의 생활 주변에서 보살과 투사, 부처와 중생 을 만나며 늘그막 황혼기에 철들고 있다. 마음의 흐림과 맑음에 따 라 보살이 투사로, 부처가 중생으로 키를 낮추며 다가선다.

내가 머물고 있는 사자암은 오르막과 내리막의 업다운이 심 한, 등산로의 해발 380미터 위치에 자리하고 있다. 하여, 사과 한 알을 몸에 지니고 오기에도 숨 가쁜 벅찬 노동일 수 있다. 중간에 음료수 파는 곳도 없다. 요사채에 항시 마련해둔 봉지라면은 종교 신앙과는 상관없이 누구나 들락거리며 셀프로 끓여 먹고, 봉지커 피로 휴식을 즐기며 잡담 나누며 돌아간다.

그런데 오늘 점심에 있었던 일이다. 작심하고 온 어느 20여 명의 등산객들이 종각 밑에서 소주 파티에 불고기 식사를 즐기고 있었다. 하여, 나는 그들에게 화난 감정을 잦아들게 한 후 조용한 음성으로 말하였다.

"이미 시작한 점심이니 맛있게 편하게 드시고 뒷정리는 말끔히 해주셨으면 합니다."

그러자 한사람이 말하였다.

"식사 후 감사기도와 성가(聖歌)도 부를 수 있습니까?"

"물론입니다. 가능하면 조용하고 엄숙하게, 품위가 유지되길 희망합니다."

그들이 떠난 뒤 요사채의 책상 위에 편지 한 장이 놓여 있었다.

"불교에서 말하는 보살 한 분을 보고 갑니다. 저희의 무례함을 용서하십시오. '불교는 열린 종교'라는 게시판의 주지스님 글도 읽고 갑니다. 오늘, 감사했습니다."

글쎄, 사자암 주지 성깔은 '지랄이고 버럭'인데 모르시는 말씀이다. 다만 상황이 이미 엎질러진 물인데, 버럭은 버럭을 불러들일 따름이다. 상대가 의도적인 잘못을 저지르며 도전해 온다면, 그 자리를 떠나는 것이 평화이다. 가정에서도 부부 사이에서도 직설적인 꾸짖음보다 배려와 이해, 부드러운 용서가 행복과 자유를 꽃피게 할 터이다.

그러나 받아들임의 이해와 용서만이 자비가 아니다. 섭수(攝受)의 자비보다 절복(折伏)의 자비가 더욱 힘을 발휘할 수도 있는 것이다. 받아들이고 감싸는 자비가 섭수자비라면, 말씀에 힘을 실어 꾸짖고 회초리 든 자비가 절복자비이다. 이 두 개의 자비는『열반경』에 박혀 있다.

소아마비의 아이에게 일정한 운동을 시키며 게으름이 없도록 회초리를 드는 아버지의 교육이 절복자비라면, 아이가 안쓰러워 운동을 중간에 쉬게 하고 아이를 감싸며 게으름을 용서하는 어머니의 받아들임이 섭수자비인 것이다.

일 년 내내 사과 한 알 사온 적 없는 김 처사가 친구까지 데려와, 아껴먹는 군고구마 남김없이 먹어치우고 사과나 배 없느냐며 냉장고 안까지 뒤져댄다고 글을 남기는, 뒤끝이 좀팽이인 사자암 주지이다.

오늘 점심시간에 요사채에 글 남긴 기독교인은 알까? 별난 성깔 버럭 성질을, 열 개 스무 개의 얼굴을 가진 '향봉'인데.

2장

더러는 눈송이 되어

더러는 빗방울 되어

동
화
속
의
암
자

사자암은 해발 380미터에 자리하고 있다. 깎아지른 절벽이 한 편으로 울타리처럼 버티고 있다. 수령이 몇 백 년이라는 느티나무도 다섯 그루나 법당 뜰을 지키는 파수꾼처럼 버티고 있다. 법당도 요사채도 종각도 삼성각처럼 규모가 크지 않지만, 그 역할에는 부족함이 없다.

사자암으로 오르는 산길은 솔찬히 가파른 길이다. 십여 분 소요되지만 누구든 땀방울을 흘려야 사자암에 이를 수 있다. 산길이 좁고 험하기 때문이다. 주차장에서 내려 사자암에 오르는 길의 초입에 '바른 불교, 바른 신앙'이 큰 글자로 바윗덩이에 새겨져 있다.

사자암은 열린 불교의 열린 신행을 익히고 배우는 도량이다. 있는 자와 없는 자가 평등하고, 어떤 의미로든 신도들에게 부담이 되는 종교의례는 사라진 지 오래이다. 스님과 신도는 이웃으로 깨달음을 향해 정진하는 도반이기 때문이다. 사자암의 절벽 바위에 누군가가 새긴 '사자통천(獅子洞天)'이라는 큰 글자가 박혀 있다. 막힘 없이 뚫리고 열려 있는 세계가 통천인 것이다. 마을을 의미할 때는 '동'으로 발음해야 하고, 환히 트여있음을 상징할 때는 '통'으로 발음해야 한다.

사자암 마당에서 산 아래 환히 트여 있는 세상을 내려다보면, 누구나 마음이 환해져 좋은 스승이요 착한 벗이 되어 오늘의 주인공임을 깨닫게 된다. 짐승 '사(獅)'나 스승 '사(師)'나 중국의 고어에서는 으뜸의 의미를 지닌 같은 뜻이기 때문이다. 사자암 마당은 좁으나 드넓은 시야를 품에 안겨주는 에너지 충만한 도량이다.

낮에는 아름드리 다섯 나무가 그늘을 만들어 누구나 쉬게 하고, 밤에는 별빛이 안개꽃처럼 피어 신비로움을 더해주는 동화 속의 암자이다. 미륵산이 온통 바위산이라서 사자암은 바위산의 보물처럼 빛이 충만한 모습으로 열려 있는 암자이기 때문이다.

별것 아닌 것들의 소소한 행복이 나를 기쁘게 하고 들뜨게 한다. 산이 쩡쩡 울릴 만큼 바위벽의 얼음이 녹아내리면, 여전(旅錢) 한 닢 마련 없이도 어디론지 떠나고 싶다. 남은 미역국에 밥 말아 먹으니 세상이 배 안에 담겨 부족함 없이 행복하다. 누군가 법당의 부처님 앞에 사과 한 알을 놓고 가, 그 사과로 후식까지 즐기고 있으니 이만하면 산골 늙은이의 화려한 점심을 마친 셈이다.

오전에는 수원에서 왔다는 어떤 할머니가 정다운 스님을 찾아 사자암엘 다녀갔다. 사주관상의 권위자라고 자신을 소개한 자칭 도사할머니는 글쎄 정다운이 사자암에 없는 것은 예견하지 못함인지 헛걸음을 한 셈이다.

익산에 산다는 어느 할머니는 전화기 속에서 징징징 울고 있다. 시집간 딸이 간암 말기 판정을 받은 후 사위와 이혼하고 딸아이 하나 기르다가 작년 이맘때 세상을 떠났다고 한다. 본인도 국가에서 매달 지급되는 돈으로 생계를 이어가고 있어, '가난이 웬수'라며 딸의 49재도 치르지 못했단다. 최근 죽은 딸이 꿈에 자주 나타나니 천도재를 지내고 싶지만 '돈이 없으니 어쩌면 좋겠냐'며 울먹인다.

나도 울먹이며 말하였다. 그럼 그 죽은 딸의 어린 딸은 누구랑 살고 있느냐고. 초등학교 2학년인 손녀딸은 외할머니인 본인과 함께 지낸다고 한다. 하여, 동정이 아닌 편안한 마음으로 천도재 날짜를 알려주었다. 손녀딸에게도 사자암 운영회에서 용돈을 마련해 주겠다며 배 3개, 사과 3개만 준비하라고 일렀다. 다른 일체 준비물이나 비용은 사자암 운영회에서 기꺼이 책임질 터이니 빈손으로 오시라며 마음을 덮어드렸다.

사자암에는 49재나 천도재가 가뭄에 콩 나듯 일 년에 서너 차례 치러진다. 내용은 다르긴 하나 대개는 사연 있는 자들의 희망에 의해 이루어진다. 당연히 경제적 부담은 없고, 목탁 울리는 시간은 10분 안팎이다. 목탁 염불소리로 귀신 오지 않는다며, 죽은 자를 위함보다는 산 자를 위한 종교의례임을 미리 밝혀 둔다. 사자암에서 십수년을 머물고 있지만 신도들에게 권선문 한 차례 내민 적 없고 대학입시 합격기도 한 번 치른 바 없다.

목마를 때는 자신이 물 마셔야 목마름이 가시고 오줌 마려울 때도 자신이 화장실에 다녀와야 개운한 이치를 여러 차례 설명해

서인지, 사자암 신도들은 자기 불공은 자기가 법당에서 절하고 염불하며 축원까지 하고 있다.

주지도 바쁘다. 사자암에는 공양주가 없어 세 끼니 식사 담당은 주지 몫이다. 풀 뽑고 마당 쓸며 도량의 허드렛일도 머슴처럼 부지런히 일 잘하는 주지 담당이다. 게다가 주말이면 찾아드는 다양한 방문객과 인생 상담, 신앙 상담 등 상담자가 되어야 하고 이웃처럼 친구처럼 편한 대화를 해야 한다.

산이 텅텅 비어 있는 날엔 사자암 주지는 빨래나 바느질을 즐긴다. 늙디 늙은 할배지만 시력과 청력이 정상이다. 사자암에는 주지 도반이 많은데, 진돗개 2마리와 고양이 9마리가 좋은 스승이자 착한 벗이다.

할 일 없는 늙은이로 있는 듯이 없는 듯이 살고 있지만 마음이 편하다. 조건 없이 행복하다. 개운한 자유를 누리고 있다. 글쎄, 있으면 있는 대로 행복하고 없으면 없는 대로 자유롭기 때문이다.

꾸미거나 드러냄 없이 감추거나 속이는 일 없이 바람 부는 대로 꽃잎 지는 대로 순리에 순응하며 자연인으로 살고 있다. 곰곰이 생각해보면 사자암 주지 향봉이는 복이 골고루 넘칠 만큼 행복한 스님이다.

생활이 가난하나 불편하지 않고, 바라는 바가 없으므로 목마름이나 배고픔이 없다. 울고 싶을 때는 잔잔히 울고 기분 좋은 날엔 유행가도 부른다. 넘침과 부족함 없이 '날마다 좋은 날'의 평화, 행복, 자유를 누리는 오늘의 주인공으로 살고 있다.

바
느
질
을

하
며

새벽 3시, 나는 바느질을 하고 있다. 어제 오후, 뜰에 쌓인 눈을 치우다 바지의 허벅지 부분이 5센티미터쯤 찢어졌기 때문이다. 낡은 옷이라 바지 안쪽에 다른 헝겊을 대고 찢어진 부분을 촘촘하게 바느질하고 있는 것이다.

부모님께 고마워할 일이지만 돋보기안경 없이 바늘귀에 실을 어려움 없이 거뜬하게 밀어넣는다. 신문의 깨알글씨도 돋보기 없이 볼 수 있어 요즘도 책 읽기를 즐긴다. 책 속에는 길이 있어 그 길을 찾아 떠나는 여행이 즐겁다. 책에서 만난 사람들이 나의 가족이 되고 친구가 되는 재미가 솔찬하다.

요리학원을 다닌 적은 없지만 즐겨 먹는 미역국이 때에 따라 조리법이 진화하여 다양해진 미역국을 먹고 있다. 미역국에 치즈 두 장쯤 넣고 끓이면 미역줄기가 부드럽고 고소하다. 양파를 다져 넣는다든지 된장을 조금 풀어 끓여도 미역국은 다른 맛으로 내게 온다. 사자암에 혼자 머물고 있어 부목처사 몫도 공양주 역할도 나의 차지이다. 그런 만큼 부지런히 움직여야 한다.

평소 생활신념은 게으름을 병으로 알고 있다. 몸을 부지런하게 움직이면 그 자체가 보약이다. 마음 또한 닫아두면 곰팡이가 자랄 수 있다. 진돗개 두 마리와 고양이 아홉 마리가 나의 가족이 되고 도반이 되어, 대화도 나누고 정도 나누며 일상의 소소한 즐거움을 길들이고 산다. 독서를 하다가도 앉아 졸다가도, 방문객이 대화를 필요로 하면 마음을 열어 '바른 불교, 바른 신행'을 이야기한다.

누구나 라면과 봉지커피를 즐길 수 있다. 철저히 셀프라서 본인 몫은 본인이 챙겨 즐겨야 한다. 나는 체질상 새벽잠이 없다. 하여, 새벽의 바느질을 즐기거나 침상에 앉아 하루를 여는 즐거움으로 산다.

사자암에는 겨울궁전이 있고, 여름궁전이 있다. 처마를 맞대고 이어져 있는데 규모가 크지 않아 열 평 남짓한 방 하나씩만 달랑 지니고 있다. 그래도 방마다 수세식 화장실과 음식을 조리할 수 있는 싱크대가 버티고 있다. 나무침대도 튼튼해 잠자리와 좌선용으로 쓰이고 있다.

사자암 주지는 생긴 꼴에 비해 어지간히 복이 많은 사람이다. 겨울에는 겨울궁전에서 찰밥을 즐겨 먹고 여름에는 여름궁전에서 잔치국수를 오이채 곁들여 자주 먹는다. 자고 싶으면 자고 일어나면 책을 만나거나 허드렛일을 찾아서 게으름 없이 몸을 움직인다. 찾아오는 사람도 드물고 찾아가야 할 사람도 듬성듬성 박혀 있어 온종일 한가롭다.

사자암 주지는 목탁 울리는 일보다 톱질, 망치질을 즐긴다. 승려의 길을 택하지 않았다면 아마도 어엿한 목수가 되어 있을 터. 진돗개의 보금자리인 개집도 새로 짓거나 수리해준다. 작은 생활 도구도 톱질, 망치질로 거뜬하게 마무리한다.

겨울궁전에서는 즐겨 그림도 그려가며 소일한다. 즐겨 그리는 그림이 학(鶴)인데 날지 못하고 화선지 속에만 갇혀 있다. 여름궁전에서는 할 일 없는 일상의 여유를 누리며 글짓기, 책읽기를 즐긴다.

사자암에는 담벽이나 울타리가 없다. 신도와 스님이 평등하다. 신도들 스스로 자기 불공은 자기가 챙겨서 법당에서 목탁 울리며 말끔하게 해결한다. 법당에는 주지의 전용 방석이 없고 신도가 누구든 큰절 없이 서서 합장 인사로 만남과 헤어짐을 개운하게 이어간다. 신도집을 찾을 일 없고 전화 걸 일 없고, 있는 듯이 없는 듯이 자유와 평화 누리며 별 볼 일 없는 늙은이로 살고 있다.

사자암의 삼성각 불전함에 일주일 간격으로 500원짜리 동전이
버티고 있었다. 그것도 두 달 넘게 한 개씩 정확하게 불전함을 지
키는 끈질김을 보여주고 있었다. 하루는 산신님께 투덜거리듯 말
했다.

"500원 동전으로는 새우깡 한 봉지도 살 수 없고 붕어빵 한
개라면 모르지만. 아무튼 물가 상승도 고려해 동전 숫자가 늘어나
도록 관심 좀 가지세요."

그런데 사자암 주지의 염치도 없는 얼토당토한 주문이 열흘
도 안 돼 불전함 속에서 이루어졌다. 500원 동전이 열한 개나 담겨
웃고 있었던 것이다. 동전 옆에는 한 장의 편지도 놓여 있었는데,
철딱서니 없는 사자암 주지를 울리고 만다.

"부처님, 저의 딸아이는 일곱 살인데 소아마비를 앓고 있습니다. 걸음걸이의 장애가 있어 유치원에도 보내지 못합니다. 아내는 북부시장에서 채소를 팔고 있습니다. 집으로 돌아올 때 아이가 좋아하는 사탕이나 과자를 사오며 동전을 딸아이에게 주곤 합니다. 그때마다 딸아이는 그 동전을 사자암 부처님께 올리라며 제게 주었습니다. 엊그제는 좋은 사람을 만나 채소 값을 후하게 받았다며 딸아이한테 동전 열 개를 주었습니다. 딸아이는 그 돈에 한 개를 더해 오늘은 동전 열한 개를 올리러 왔습니다. 부디 저의 아이가 나날이 건강이 좋아져 밖에서 뛰놀며 학교에 갈 수 있게 도와주소서."

나는 편지와 동전 열한 개를 촛대 사이에 올려놓고 큰절을 하며 그 가족과 딸아이의 건강을 염원하였다. 동전 열한 개가 뻔뻔하고 염치없는 사자암 주지를 잔잔하게 울리고 있었다.

어
느
퇴
임
교
장
이
야
기

스님, 저는 초등학교 교장직을 끝으로 정년 퇴임한 지 5년차를 맞고 있습니다. 제가 퇴임할 당시만 해도 저의 반려자인 아내는 살아 있었으나 작년에 병을 앓다 저 세상으로 먼저 떠났습니다. 저희 부부에게는 딸은 없고 아들이 둘인데, 큰아들은 사업을 한다면서 자리를 못 잡고 고생하고 있으며 둘째는 다행히 초등학교에서 교사로 있습니다.

두 녀석 다 결혼했으나 큰아들이 실패한 사업을 다시 일으키겠다며 간절하게 저희 부부를 설득해 망설임 끝에 퇴직금을 일시불로 받아 아들에게 건넸으나 아들의 피눈물 나는 노력에도 불구하고 사업은 실패하게 됩니다. 아내가 눈물로 거듭거듭 호소해 저희 부부가 사는 아파트까지 은행에 잡히고 아들에게 돈을 지원했으나 또 망하게 됩니다. 아내와 나는 둘째네 집으로 옮겨 살게 되고 아내는 눈물바람하다 병이 깊어져 죽게 됩니다.

홀로 남은 저는 아들이 학교로 출근하면 젊은 며느리와 집을 지키며 신세한탄만 맘속으로 곱씹게 됩니다. 아들집은 화장실이 한 곳뿐이라서 용변 볼 때도 긴장하게 되고, 전화 한 통 걸려오지 않는데도 헛전화 받는 척하며 아침에 집을 나가 밖으로 떠돌아다닙니다. 저녁에 들어올 때쯤 포장마차에서 안주도 없이 소주 한 잔 빈속에 들이킨 후, 제자들이 고급 음식에 양주 사주어 마시고 왔다며 거나하게 취한 척하기 일쑤입니다. 착한 며느리는 그럼 준비된 상을 치우겠다며 행동에 옮기지만, 저의 빈속은 쓰리고 아파 찬물로 시장기를 달래곤 했습니다.

스님, 절에서 매일 마당도 쓸고 잡초도 뽑고 허드렛일을 시키는 대로 열심히 할 터이니 조그만 방 하나를 주어 저를 머물게 해주십시오. 술, 담배도 끊고 머슴처럼 열심히 일할 터이니 갈 곳 없는 저를 일꾼으로 받아들여 주십시오. 물론 일체의 보수도 바라지 않고 무임금 무보수로 일만 하겠습니다. 마음만 편하면 됩니다. 스님.

황소불알스님과 양주

지리산의 도반스님이 날 찾아가보라며 환갑 나이의 스님을 보내왔다. 그 스님은 황소불알 같은 배낭에 양주 한 병 넣어왔다며 계면쩍게 웃는다. 양주는커녕 막걸리를 찻잔에 담아 반의 반만 마셔도 홍당무 얼굴은 물론 온몸에 두드러기가 돋는다며 술 체질이 아님을 가볍게 설명했다.

얼굴의 수상쩍은 생김이나 걸쭉한 행동, 거친 듯한 말투를 전해들어 술꾼인 줄 알았다며 미안해한다. 황소불알 같은 배낭 속으로 수줍은 듯 양주병은 되돌아간다.

나는 술보다는 바나나우유가 좋고 고기보다는 황금붕어빵을 즐긴다. 누군가를 만나 밖에서 식사할 경우 손칼국수집이나 잔치국수집을 찾는다. 군고구마 수레가 길거리에서 슬금슬금 사라져

만나기 어려운 오늘이지만, 이 세상에서 가장 맛있는 음식은 군고구마, 팥고물찰떡, 그리고 아무렇게나 자른 인절미이다.

고급 중화요리집에는 갈 일이 없지만 어쩌다 일행이 있어 들릴 경우 나의 단골메뉴는 짜장면이다. 사자암에 혼자 머물며 김치전을 준비하고 애호박전을 준비할 때 잔잔하게 행복하다. 설레기 때문이다.

지리산의 도반스님에게 전화해야겠다. 날 소개해 스님이나 거사를 보낼 경우, 이천오백 원이나 삼천 원짜리 찰떡이나 인절미를 한 봉지쯤 끼고 가라 하라고. 천원에 세 개 주는 황금잉어빵이면 더욱 반길 것이라고.

수행자답게 빈손이면 더욱 좋고. 선문답하러 벼르고 오면 더더욱 좋고.

며칠 전 다녀간 황소불알 같은 배낭에 양주 한 병을 담아왔던 스님
이 두어 개 가방을 들고 다시 찾아왔다. 사자암에서 겨울을 보내러
왔다며 짐도 풀고 업장도 풀고 마음까지 내려놓겠다고 한다.

　이 스님은 키도 크고, 얼굴도 배우 같고, 말씀도 신문의 사설
읽듯이 빈틈이 없어 얼핏 영국 신사를 닮았다. 그런데 왜 하필 공
양주도 없는 사자암에 별 볼 일 없는 머리 허연 노승이 머무는 곳
에서 겨울 동안 머물겠다니 짠한 마음의 앞선다.

　글쎄, 사자암에서는 건질 게 없을 터. 검불때기 같은 향봉이한
테서는 알곡 한 톨 주울 게 없을 터. 주차장에 버티고 서 있는 그 스
님의 차는 고급차 중의 고급차였다. 글쎄, 저 좋은 차의 시동을 끄
고 마음의 시동을 위해 왜 하필이면 쭉정이 검불을 찾아왔을까. 공

양주 부목처사도 없는 사자암에서 할배스님 둘이서 밥 짓고 국 끓이며 작설차 마시며 대화 나누며 따시게 마음 덮어주며 오순도순 살아가야지.

그는 나를 스승 삼아 마음 여는 공부를 하겠다지만 그는 나의 좋은 스승, 착한 벗이 되어 또 하나의 전설을 만들어갈 터이다. 예전에 하던 대로 끼니 때마다 밥과 국은 내가 담당키로 했고 설거지는 황소불알스님이 맡기로 했다. 봉지커피라도 함께 나눌 때 대화를 통해 서로 탁마하기로 했고, 예불 참석도 자유, 종일 잠을 자도 자유, 편안하게 자유롭게 두 할배스님은 독립국의 깃발을 펄럭이며 살기로 했다.

만날 때마다 대화할 때마다 그는 거룩한 부처님이자 살아 움직이는 보살이었다. 마음이 따순 선지식스님이었다. 사람 냄새 풀풀 풍기는 진솔한 사람이었다.

두 할배 스님의 하루하루는 평화였다. 행복이었다.

오대산 월정사에서 하룻밤 머물 때의 일이다. 월정사 스님들은 다 알고 있는, 정신병을 가볍게 앓고 있는 중년 여인이 내게 다가와 대뜸 돈 3천 원만 달라는 것이다. 망설이며 5천 원을 건네주자 5천 원 지폐는 내게 돌려주며, 자신은 3천 원이 필요하니 3천 원만 달라는 막무가내 여인이었다. 하여, 3천 원을 주자 고맙다는 합장 인사도 잊지 않았다.

　　그날 이후 나는 신도들이 간혹 나에게 돈을 줄 경우, 돈 내민 신도들의 현주소를 헤아려 대개는 반타작하는 경우가 많다. 어떤 거사 부부가 하룻밤 사자암에서 머물고 가겠다며 20만 원을 봉투에 담아주면 절반인 10만 원을 되돌려주고 10만 원만 감사한 마음으로 받아들인다. 어떤 할머니가 10만 원을 봉투에 담아 겨울내의

사 입으라고 하면, 5만 원을 나누어 돌려드리며 할머니께서도 내
의 사 입으시라고 웃으면서 말한다.

김제에 산다는 어떤 노보살님은 나에게 황도복숭아 통조림을
두 개나 내밀며, 백도복숭아보다 황도복숭아 통조림이 비싸고 맛
있다며 누구 주지 말고 혼자 드시라는 당부의 말씀도 잊지 않는다.
황도복숭아 통조림을 김제 할머니와 함께 하나씩 나누어 수저로
떠먹으며 할머니도 웃고 나 또한 가슴이 짠하고 멍멍해 웃고 있었
다. 버스에서 내려 한 시간 넘게 사자암까지 걸어오신 할머니에게
는 금마버스정류장까지 택시 타고 가시라며 할머니가 불전에 올
린 돈을 반으로 나누면 마음이 개운하고 즐겁다.

무엇이든 나누면 기쁘고 덜어내면 가뿐하다. 있으면 행복하
고 없으면 자유롭다. 수행자는 비우고 덜어내며 나누는 생활이 일
상화되어야 할 테니까.

정
훈
희
의
〈
스
잔
나
〉

자주는 아니지만 법회 시간에 더러는 정훈희의 〈스잔나〉를 저음
으로 부를 때도 있다. 가사 장삼을 걸친 차림보다 평상시의 승복을
걸친 채 법문하길 즐긴다. 당연히 법상(法床)에 오를 일 없고 주장
자 따윈 챙기지 않는다.

　법회 전의 청법가 없고 한문으로 된 게송을 읊지 않는다. 설법
도중에 신도들이 합창하는 '나무아미타불'도 거절한다. 다리가 불
편하신 분은 안방에서처럼 다리를 길게 뻗고, 허리가 불편하신 분
은 의자에 앉아서 법문을 들으라 한다. 법회 전 누구나 두 팔을 올
려 기지개하며 하품도 길게 하도록 유도한다. 신도는 앉아서 합장
하고 법사는 서서 합장한다.

　법사가 말뚝처럼 박혀 있는 자세보다 걸음을 옮기고 움직이

며 궁금한 자의 질문도 받아가면서, 대화 나누듯 부처님의 가르침을 펼쳐 보인다. 사주, 관상, 손금 따위는 설법 내용에서 사라지고 삼재풀이, 권선문 따위는 그림자도 찾을 수 없다. 전생과 내생도 끌어들이지 않는다.

불교는 깨달음의 종교이다. 메시아를 키우지 않는 종교이다. 불교는 어제, 내일이 아닌 오늘의 종교이다. 깨달음에 이르게 하는 육바라밀의 실천수행이 있고 팔정도의 생활덕목이 있는 것이다. 『반야심경』에 담긴 구절구절을 설명해 생활의 등불, 삶의 나침반이 되도록 해야 한다. 『화엄경』의 일체유심조(一切唯心造)는 평생을 퍼마셔도 마르지 않는 지혜의 샘인 것이다. 가정집이 최고의 영험 깃든 법당이요 도량이며 가족이 최상의 부처님임을, 『법화경』에서는 인불사상(人佛思想)으로 깨닫게 하는 것이다.

집착은 키울수록 병이 되고 욕심은 버릴수록 아름다운 것이다. 열려 있는 법회로 오늘의 참 주인공이 될 수 있게, 또 한 번의 〈스잔나〉를 부를 차례다.

부처님 오신 날을 앞두고 신도들과 연등을 만들 때 30대 후반의 한 여인이 찾아왔다. 수줍음이 많은지, 연등 작업하는 요사채에는 들어오지 않고 잠시 밖에서 신앙 상담을 하고 싶다는 것이다. 종각 옆에는 그녀의 남편과 어린 사내아이가 초조한 표정으로 어색하게 합장 인사를 하고 있었다.

사연인즉 그들 부부의 외아들인 일곱 살 아이가 잠을 자다가 헛소리를 하며, 잠이 깨어서도 귀신이 보인다며 매우 불안정한 모습을 보인다는 것. 하여, 병원에도 다녀오고 지인의 소개로 군산의 어느 용한 무당을 찾아갔더니 귀신 쫓는 굿을 하라기에 굿도 했는데 아이 증세는 여전하다는 것. 다른 무당을 찾아갔더니 아이의 사주풀이를 하더니만 아이가 단명으로 타고나 20세를 넘기지 못한다는 것.

나는 그 아이와 부모를 법당에 앉게 한 후, 가사 장삼까지 걸친 채 그 아이의 부모에게 큰절을 세 번 한 후 말하였다.

"이 아이는 장차 자라게 되면 집안의 자랑으로 사회의 큰 지도자가 되고 나라의 큰 일꾼이 될 것입니다. 내가 절하는 것은 보기 드문 아이를 낳고 길러주시는 은혜에 고마움을 느끼고 있기 때문입니다."

아이의 어머니가 당황해하면서 내게 물었다.

"이 아이가 몇 살까지 살 수 있을까요?"

"나는 이미 늙어 이 아이가 크게 성공하는 모습을 지켜보지 못해 안타까울 따름입니다. 이 아이는 아흔을 넘겨 백 세에 이를 만큼 장수를 타고난 아이입니다."

그 아이는 올해 스물두 살로 어느 의대에 재학 중이다. 그 아이가 백 세까지 누릴지 모를 일이나 나 또한 용한 무당인 셈이다. 운명론에 기울지 말 일이다.

총
각
거
사

이름은 차마 밝힐 수 없고 그냥 '총각거사'라 하겠다. 정확한 나이
는 모르지만 아마도 마흔 고개를 바라다보는 군살 없고 보통 키의
야무진 체격, 미남형의 총각이었다. 사자암에는 뜬금없이 자주 왔
고 항시 웃는 얼굴로 마당도 나랑 함께 쓸고 도량의 잡초도 같이
뽑으며 화단의 꽃을 가꾸기 좋아하는 착하디 착한 총각 거사였다.

　　시키지 않아도 사자암의 허드렛일을 찾아서 즐겁게 일을 했
고 진돗개 두 마리 운동도 그의 몫이었다. 고양이 아홉 마리의 먹
이와 물도 챙겨주며 깨끗하고 말끔하게 도량의 밝은 빛이 되는 총
각거사이다.

　　그러나 워낙 말수가 적은 편이라서 긴 이야기는 한 차례도 나
눈 바 없어 그의 가정과 가족관계는 알지 못한다. 다만 그가 지방

대학을 졸업했으나 오래전부터 번번이 시험에 불합격하고 있음을 눈치로 촉으로 살피고 있을 뿐이다. 당연히 반듯한 직장은 없고 인력시장에 가끔씩 나가 일용직 잡일을 하고 있는 것으로 알고 있을 뿐이다. 사자암에서 가끔씩 적은 돈이지만 봉투에 담아 그에게 내밀면, 그는 수줍어하며 그래도 해맑게 받아들인다.

지리산의 도반을 만나러 갈 때에도 그는 사자암의 지킴이가 되어주었고, 신도들을 모노레일 기차에 태워 즐겁게 안전하게 운행도 잘하는 '누구나 좋아라' 하는 총각거사였다. 그런데 오늘 아침 그의 어머니로부터 뜻밖의 슬픔을 전화로 받아 알게 되었다.

"웬간히 사자암 스님을 좋아해 쫓아다니더만…. 아들놈이 새벽에 피 토하고 죽어버렸당게요. 스님을 한번 뵌 적 없지만 알려야 할 것 같아서요."

사자암 주차장의 1인용 텐트

사자암에는 외형으로 보면 2층짜리 종각 건물이 있다. 그러나 정작 종각에 종은 없다. 종각은 정부에서 지어줬으나 종은 사찰에서 알아서 마련하라는데 종을 만들기 위해 권선문 따위는 무겁고 싫어 종 없는 빈 종각의 정취를 즐기고 있다.

그런데 지난 어느 날 여름밤의 일이다. 진돗개가 장마비가 내리고 있는데도 세차게 짖어댔다. 두 마리가 집요하게 꾸준하게 합창하는 낌새가 이상해 손전등을 앞세우며 법당 방향으로 순찰을 나선 것이다. 그런데 종각 건물에는 위아래로 두 팀의 텐트가 떡하니 자리하고 있었다. 불법 설치한 텐트의 젊은이들이 미안해하며 기가 죽고 있었다. 한 텐트는 2층 마루에 또 한 텐트는 그 아래 땅바닥에, 비에 젖지 않는 곳에 버티고 있었던 것이다.

그러나 장맛비는 내리고 있고 세상은 어둠에 싸여 있어서 그들의 무례함만 탓할 수는 없을 터. 다른 곳으로 보낼 수도 없고 보내서도 안 되는 상황이었다. 그들은 날이 밝으면 떠나기로 하였고, 과일과 라면, 가래떡을 충분하게 그들에게 주고 왔다.

그런데 요즘 사자암 주차장의 한쪽 구석에 1인용 텐트가 설치된 지 두 달이 넘는다. 누가 설치한지 모를 일이나 텐트 주인은 참 질기게도 자리잡고 떠나지 않고 있는 것이다. 텐트 주인을 만나려 해도 번번이 허탕이었다.

하루는 어느 거사와 텐트 안을 살펴봤다. 침낭 같은 여행 도구는 없고 달랑 어깨에 메는 천으로 만든 가방 하나만 놓여 있었다. 텐트 주인은 아마도 외국인 노동자이거나 가난한 사람으로 밤 늦은 시간에만 잠자리를 위해 텐트를 사용하는지도 모를 일이다.

이제 머지않아 눈발도 날릴 터인데 가슴이 먹먹하고 싸하게 아파온다. 부디 그 1인용 텐트 주인에게 빛이 있기를….

"그렇다면 사자를 보여주시지요?"

해인사에서 함께 수행했던 원효 스님이 사자암에 와서 이틀 머물다 떠나며 내게 물었다.

"백척간두(百尺竿頭)에서 한 걸음 내딛을 경우 어느 곳에 이르게 됩니까?"

"날마다 좋은 곳에 이르지요[日日是好處]."

원효 스님이 떠난 뒤 원효 스님의 도반인 한 수행자가 전화로 물었다.

"몸과 마음에 한 물건도 지니지 않았을 경우, 그 다음 공부는 어떻게 해나가야 합니까?"

"놓아 버리셔야지요[放下着]."

그러자 그 수행자는 껄껄 웃으며 힐난조로 되묻는다.

"향봉 스님, 내가 방금 한 물건도 지니지 않았다고 했거늘 대체 무엇을 놓아버리라는 말씀입니까?"

"몸과 마음에 한 물건도 지니지 않았다는 그 생각마저 내려놓아야 합니다."

그 뒤 음력으로 정월 초이튿날 가야산에서 왔다는 수행승 둘이 사자암에 찾아왔다.

진돗개 두 마리가 요란하게 짖어대고 있었다. 방 안에 들어서자 한 스님이 말하였다.

"사자암(獅子庵), 사자암 해서 찾아왔더니 사자는 보이지 않고 개 짖는 소리만 요란합니다."

"눈[眼]은 없고 귀[耳]만 달랑 붙어 있어 그런 겁니다."

그러자 그 스님은 대들듯이 말하였다.

"그렇다면 사자를 보여주시지요?"

"악!"

나는 사자가 포효하듯 큰소리로 할(喝)을 했다.

그러자 함께 온 다른 스님이 내게 물었다.

"백제 무왕은 용화세계에 출현할 미륵부처를 기다리는 마음으로 미륵사를 창건했다는데, 스님의 생각에는 용화세계의 미륵불이 언제쯤 출현(出現)하실 것 같습니까"

"발길 닿는 곳이 용화세계요 만나는 사람이 그대로 미륵불인데, 왜 스님께서는 미래불(未來佛)만 찾고 있나요."

성직자가 필요 없는 세상

참선 수행하는 거사 몇 명이 찾아왔다.

"스님의 하루 일과를 소개해 주셨으면 합니다."

"목마르면 물 마시고 졸리우면 자지요."

"저희가 마음에 새길 일과는 없으십니까?"

"있지요."

"그럼, 저희에게 귀감이 되는 말씀을 해주시지요."

"낮에는 자고 밤에는 놀지요."

그러자 다른 거사가 내게 물었다.

"인도와 네팔, 티베트 등에서 오랜 세월을 머물며 가장 기쁜 일은 무엇이었나요?"

"밥 먹는 일이지요"

"그럼 가장 슬픈 일은 무엇이었나요?"

"밥 먹는 일이지요."

"저희 질문은 둘인데 왜 스님께서는 밥 먹는 일로 대답을 모아가십니까?"

"앞부분은 건강했을 때의 대답이고 뒷부분은 병이 들어 아파 있을 때의 대답이지요."

한 거사가 작설차를 마시며 내게 말하였다.

"작설차 맛이 오묘하고 그윽합니다."

"오묘하고 그윽한 것이 생활 속의 진리지요."

그러자 그 거사가 말하였다.

"진리를 한마디로 표현하면 무엇이라고 할 수 있을까요?"

나는 짧게 대답했다.

"밥이지요."

다른 거사가 내게 말하였다.

"종교와 신앙이 필요 없는 세상이 평화로운 세상이겠지요."

"성직자가 필요 없는 세상이 평화로운 세상이지요."

그렇고 그렇다네

조선족이 운영하는 어느 식당에서는 식사를 주문하면 지리산 녹
차와 찰떡이 한 접시 덤으로 나왔다. 하여, 내가 즐겨 찾는 곳이기
도 하다. 김치찌개를 먹고 있을 때 함께 식사 중이던 학생들이 말
하였다.

"스님은 이곳 식당에 지리산 녹차 때문에 오시는 것 같습니
다. 그렇죠?"

"그렇다네."

"스님은 찰떡을 좋아하시니까 찰떡 때문에 오시는 거죠. 그
렇죠?"

"그렇다네."

"스님은 김치찌개와 된장찌개를 즐기시니까 찌개 때문에 오

시는 거죠. 그렇죠?"

"그렇다네."

"스님은 수행하시는 분이니까 먹는 것 때문에 오시는 것이 아니고 이곳의 분위기 때문에 오시는 거죠. 그렇죠?"

"그렇다네."

식당의 아가씨가 흥미있게 지켜보다가 한마디하며 끼어들었다.

"왜 스님께서는 학생들의 물음에 하나의 기준이 없이 모두를 '그렇다네'로만 대답하십니까?"

"세상만사 또한 그렇고 그렇다네."

그러자 한 학생이 대들듯 말하였다.

"요즘 젊은이들이 제일 경계하고 싫어하는 것이 애매모호함인데, 스님께서는 수행자로서 검은 것과 흰 것을 가리지 않고 '그렇고 그렇다네'로 대답하시면 싫고 좋음도 없으시겠네요."

"밥과 똥이 둘인 듯하나 하나요, 소금은 짜고 설탕은 달지만 지나고 보면 세상만사 그렇고 그렇다네."

나
의
생
활
염
불

'감사하다. 고맙다. 미안하다.' 잠자리에 들고 일어날 때, 그리고 끼니 때마다, 걸어다닐 때 감사하고 고맙고 미안함을 느낀다. 살아 있어 손발을 움직일 수 있음은 하나의 축복이요 기적이다. 비어 있으면 비어 있는 대로, 있으면 있는 대로, 없으면 없는 대로, 부족하면 부족한 대로 고맙고 감사하고 미안하다.

15년 전 새벽, 메주콩 삶는 데 쓰일 나무등걸을 어깨에 메고 법당 계단을 내려오다 앞으로 쓰러졌다. 한 쪽 다리와 팔의 기능을 잃어버린 순간이었다. 직감적으로 중풍이 왔음을 느꼈다. 이겨내야 한다는 의지력으로, 쓰러진 곳에서 주지실까지 60여 미터를 한 쪽 팔과 한 쪽 다리로 온갖 힘을 다하여 방에 이르게 된다.

중국에서 머문 7년 동안 침술을 익혔고 티베트에서 3년 머물 때 장의학(藏醫學)의 기초를 배웠다. 기어오느라 온몸이 상처투성이였지만 옷을 벗는 데도 반쪽 기능이 비어 있어 힘겨운 일이었다.

머리 등 몇 군데에서는 부황 또는 침으로 탁한 피를 뽑고 있었다. 온몸에서는 땀이 홍건히 흘러내렸다. 땀방울이 기적을 몰고 왔다. 기능을 잃었던 팔과 다리가 따뜻해지며 서서히 움직임을 되찾고 있었다.

그날 이후 세상이 다른 세상이었다. 생활이 다른 생활이었다. 작은 일에도 고맙고 감사하고 미안했다. 요즘 생활은 부족하나 넉넉하다. 비어 있으나 여유롭다. 있으면 있는 대로 행복하고 없으면 없는 대로 자유 누리며 살고 있다.

내게 있어 염불은 '미안합니다, 감사합니다, 고맙습니다'이다. 그 말들이 생활의 언어로 되고 있다. 고맙고 감사한 일이다. 미안한 일이고.

도
반
모
임
이
있
는
날

도반 모임이 있는 날, 설렘이 서너 걸음 앞서간다. 머지않은 날에
앞서거니 뒤서거니 세상을 떠날 도반 얼굴로 눈물방울이 맺힌다.

　어느 해이던가 지리산의 산신령이셨던 원효 스님은 한 점 바
람이 되어 우리 곁을 떠나가셨고, 몇 분은 건강이 흔들려 병원을
다녀오신 것으로 알고 있다. 글쎄 누구나 가는 길이고 정해진 떠남
이지만 이별은 또 하나의 아픔이 되어 잔잔하게 추억거리로 남아
있다. 원효 스님은 일생을 오롯이 참선 수행만을 고집하시며 수행
승들의 모범이셨다. 진솔하고 순수함이 이름 그대로 천진도인이
셨다.

　이제 떠날 날이 머지않은 늙디 늙은 도반들이 얼굴을 마주보
며 자리를 함께하고 있다. 바라다보고 있어도 그리운 가슴 싸한 도

반들이 해맑은 얼굴로 서로가 서로에게 안부를 묻는다. 잔잔하게 그리운 정이 안개처럼 꽃처럼 피어오른다. 차 마시며 식사하며 토론하며 따순 마음 나누며 서로의 건강을 챙긴다. 눈빛만으로 미소만으로 따스히 번지는 정(精). 곱게 늙은 노스님들의 모임에서, 일생을 외길로 마음 다독이며 열린 마음으로 평생을 하루처럼 살아온 빛살 같은 말씀들이 둘레를 환히 밝힌다.

다음 번 모임 장소에 한 분도 빠짐없이 거뜬하게 다시 만나길. 잔병 없이 건강하시길. 용타, 혜남, 영산, 성열, 일오, 시몽, 도법 스님은 나의 좋은 스승이자 착한 벗이다. 가슴 깊이 새기며 모시는 보살이자 부처님이다.

지리산 순례

속가집 동생 부부가 승용차를 새로 사주었다. 부끄럽고 부담되는 일이지만 사자암의 경제는 부족하지도 넘치지도 않아 자동차 바꿈은 조금은 버거울 수도 있을 터. 하여, 이번까지 신세를 여러 차례 지고 있는 것이다.

나는 그 차를 몰고 지리산을 자주 간다. 정해진 목적지도 없고 오라며 반기는 사람도 없다. 유명한 절이나 아는 스님을 피해, 작은 절 모르는 곳으로 차를 몰고 간다. 아무 사찰에서나 나의 현주소를 밝히지 않은 채, 식은 밥이든 남은 국수든 상차림을 마다하고 선 채로 훌훌 먹고는 다시 길을 나서는 나그네의 삶을 즐긴다.

방랑객 객승 취급은 당연한 일이다. 어떤 사찰에서는 불쌍한 처지의 딱한 노승으로 여겨 몇 푼의 동정을 베풀지만 한 차례도 받은 바 없다. 그저 찬밥을 먹으면서도 '감사합니다, 고맙습니다'라며 합장으로 정중하게 인사하고는 그 자리를 바람처럼 떠나온다.

어떤 사찰의 경우 젊은 스님이 호되게 나를 꾸짖으며 수행자로 되돌아가라며 질타한 적도 있지만, 그저 고맙고 감사한 좋은 스승이요 착한 벗으로 다가온다. 어떤 절의 할머니보살은 자기와 함께 살며 목탁 치는 부전을 하라며 꼬드기는 일도 있었지만, 그마저도 고맙고 감사한 일이다.

나를 바라보는 눈빛이 짠하고 동정 쪽으로 기우는 경우가 허다하지만, 그들은 또 다른 경전 속의 가르침이 되어 나에게 밝은 빛을 더해준다. 상대가 누구이든 장소가 어디이든 몇 년째 지리산 순례를 즐기는 나에게는 그들의 몸짓이 새로운 세상을 열어주는 새로운 교과서이기 때문이다.

요즘은 SUV 차량의 뒷좌석을 떼내고 마루를 깔아, 끼니 걱정쯤은 누룽지와 라면으로 거뜬하게 해결한다. 그렇다고 요즘 유행하는 차박을 하는 것은 아니다. 순례를 마치고 돌아가 만나야 할 사자암의 부처님이 기다리고 있기 때문이다.

여행은 설렘이다. 또 다른 경전이요, 스승과 벗을 만나는 기쁨이다.

새
벽
녘
뜰
을
거
닐
며

새벽예불 뒤 산사 뜰을 거닐어본다. 아름드리나무는 나뭇잎을 다 떨구고 빈 몸으로 세월의 무게만 지닌 채 서 있다. 아랫마을 어디 선가 개 짖는 소리가 아득하게 들려온다. 초겨울의 싸한 공기가 코 끝을 스치며 만남과 헤어짐의 추억줄기를 찾아 나서게 한다. 하늘 엔 별이 안개꽃처럼 박혀있어 공기 맑은 산사의 아름다움을 더해 준다.

산 속 어디선지 노루의 거친 울음소리도 어둠을 흔들며 들려 온다. 장등도 꺼져 있는 석등에 기대어 앞으로 세상에 머물 날을 부질없이 헤아려본다.

건강은 해마다 스멀스멀 삭아내리며 호롱불처럼 흔들리고 있 다. 마음도 몸의 변화를 따라가는지 휑하니 송송 구멍이 뚫린 듯한 짠한 아픔만 후회처럼 어둠 되어 몰려온다. 만남과 헤어짐의 짧고 긴 그림자 속에는 지우고 싶은, 용서받고 싶은 색깔 있는 흔적들도 아픔으로 남아 있다.

돌이켜보면 부질없는 허무의 그림자임을 마음속 깊이 헤아리고 있지만, 육체가 병들고 마음의 키가 졸아들면 나쁜 인연도 좋은 인연으로 확대되어 눈물방울을 키우게 된다. 옷깃 스치듯 가벼웠던 인연도, 해 저문 길에서 되돌아보면 소중하고 아름다운 꽃이었고 빛이었다.

새벽녘 뜰을 거닐며 추억의 숲을 새처럼 날고 있다. 모질게 다잡았던 수행이라는 외진 길은 사람의 길이 아닌 모진 자만이 걸을 수 있는 세상 밖의 길이었다. 이제 할 일 없는 노인으로 흔들리는 건강을 다독이며 훅 불면 꺼져버리는 호롱불의 사라짐을 배워야 한다.

되돌아보면 절반은 빛이었고 절반은 어둠이었다. 허무의 그림자였고 머묾 없는 바람이었다.

참
세
상
간
단
하
다

고속버스 멀미 이야기 하나 해야겠다. 부산에서 대구 가는 고속버스의 내 옆자리에는 중년 부인이 자리하고 있었다.

차가 떠나려 하자 그 부인은 손가방을 열고 비닐봉지를 챙겨 대비했다. 나는 물었다. 멀미가 심한 분이 왜 대구까지 가시게 되느냐고. 곁의 여인은 망설이다가 대답했다. 남편 직장이 대구인데 요즘 집에 오지 않아, 멀미가 심하지만 남편 찾아 장거리 버스에 오르게 되었다는 것.

나는 또 물었다. 남편분이 키도 크고 잘생겼느냐고. 여인은 못생긴 나를 힐긋 보더니만 남편은 키도 크고 잘생겼다는 것. 하여, 나는 또 말하였다. 대구의 매일신문사 인근의 찻집에서 키 크고 잘생긴 중년 남자를 서너 차례 본 적 있다고. 여인은 반기며 물었다.

혹시 검은 뿔테 안경을 끼고 있었느냐고. 나는 정확하지는 않지만 금테 아닌 검은 뿔테 안경을 끼고 있었던 것 같다고. 그 여인은 다급하게 물었다. 혼자더냐 둘이더냐. 나는 짧게 대답했다. 볼 때마다 둘이었다고.

여인은 침까지 삼키며 상기된 얼굴로 되물었다. 여자인가요. 남자인가요. 나는 능청스럽게 대답했다. 남자 아닌 미니스커트 차림의 젊은 여자였다고. 여인이 묻기 전에 부연설명도 빠르게 늘어놨다. 둘이 서로 마주보며 차 마시다가 둘이 한자리로 나란히 앉아 손까지 맞잡고 차 마시더라고. 여인은 할 말을 잃고 있었다. 충격에 얼굴까지 벌겋게 달아올랐다.

여인은 버스가 경주를 지나 대구 가까이 달리고 있었는데도 멀미의 기미도 보이지 않는다. 멀쩡하다. 차만 떠나면 멀미를 심하게 한다는 여인은 거뜬하다. 깔끔하다. 남편의 바람 피는 현장을 묻고 또 묻는다.

나의 가상 최면에 의해, 그 여인은 분노의 칼을 갈며 멀미 따위는 이미 날려버린 상태이다. 참, 세상 간단하다.

천
사
와
보
살

성경에는 천사가 등장한다. 불경에는 보살이 담겨 있다. 천사와 보
살은 넓은 의미에서 같은 뜻의 좋은 스승이요 착한 벗이다. 천사
를 불교적인 입장에서 보살로 받아들일 수 있고 보살을 기독교적
인 입장에서 천사로도 받아들일 수 있기 때문이다. 물론 이미지가
그렇다는 것이고, 그 역할과 비중은 사뭇 다른 그림으로 이어질 수
있을 터.

아무튼 천사에게는 날개가 있다. 이 자체만으로도 신비롭고
아름답다. 하나님의 심부름을 착실하게 하는 모습도 교훈적이고
순수하며 아름답다. 천사를 한 번쯤 만나고 싶다. 도움받기보다 달
콤한 아이스크림이나 밀크쉐이크를 예쁜 컵에 담아 수고하는 천
사에게 전해주고 싶다. 천사의 날개도 보고 싶다. 날개의 깃털이

궁금하고 허락하면 만져보고 싶다.

그런데 불경 속의 보살은 경전 속에만 머물지 않고 경전 밖으로 뛰쳐나와 우리 이웃으로 살고 있다. 아기는 아기보살이고 학생은 학생보살이며 노인은 노인보살이기 때문이다. 누구나 착한 일을 실천하며 나눔과 베풂을 생활화하면 보살이 될 수 있기 때문이다.

길거리에서 쓰레기를 줍고 있어도 저잣거리에서 젖은 생선을 팔고 있어도 신분의 귀천과 상관없이 현주소의 높낮이와도 상관없이, 누구에게나 좋은 스승이 되면 보살이요 아무에게나 착한 벗이 되면 살아 움직이는 보살이기 때문이다. 날개 없는 천사이기 때문이다.

오늘 밤 꿈결에 보살과 천사가 손을 맞잡고 사자암의 주지 방을 다녀가면 좋으련만….

적막강산의 외톨이

7년 만에 찾아온 독감이 열흘 넘게 떠날 생각을 않고 내 몸뚱아리에 동거하며 또아리를 틀고 있다.

예전엔 독감이 찾아왔다가도 번지수를 잘못 찾아온 것처럼 사나흘이면 흔적도 없이 떠나갔고 거뜬했었는데, 길게 누울 날이 서서히 다가오자 독감도 찾아들면 행패 부리듯 길게 누워 온몸을 괴롭힌다. 목이 퉁퉁 부어 물 한 모금도 삼키기 어렵다. 온몸의 마디마디가 쑤시고 콧속도 헐고 입안도 터져 하얀 백태가 혀를 덮고 있다. 거기다가 흉측하게 눈곱도 끼기 마련이고 들숨 날숨이 쇳소리를 닮아가고 있다.

육체만 아픈 게 아닌 것 같다. 목에까지 차오른 가래 덩어리로 마음은 지쳐 손가락 하나 까딱할 움직임도 잃어가고 있다. 신도 몇

이 대충 다녀갔지만 대충 다녀간 빈자리는 더욱 황량하게 쓸쓸함만 더해준다. 하루에도 몇 차례씩 땀으로 목욕한 속내의를 갈아입으며, 아내와 자식이 없는 독신승의 처절한 아픔을 헝클어진 머리 빗질하듯 다독이고 있다.

독신승은 병으로 앓아누워 있을 때 비로소 적막강산의 외톨이임을 느끼게 된다. 스스로 땀으로 젖어 있는 써늘한 곳을 피해, 몸을 힘겹게 뒤척이며 마른 침대자리를 찾아 옮겨보지만 병든 몸뚱이는 무겁다. 옮겨가는 움직임이 힘겹다.

이럴 때 마른 수건으로 땀을 닦아주고 메리야스를 갈아주는 따스한 손길이 그립다. 보드랍고 구수한 잣죽은 아니더라도 검은깨죽은 아니더라도 따끈따끈하게 끓인 누룽지 반 사발쯤을 만나고 싶다. 누군가가 옆에서 〈섬집아기〉라는 노래라도 나직하게 불러줬으면 좋겠다.

이렇게 호되게 앓다가 감기몸살을 앓다가 훅 불어 꺼져버리는 호롱불처럼 그렇게 아무도 몰래 떠나가면 좋으련만….

스
님,
저
왔
어
요

가슴 짠한 소설 같고 드라마 같은 이야기를 해야겠다. 어느 날 사
자암의 불전함 속에 향봉 스님에게 보내는 편지 한 통이 담겨 있
었다.

스님은 까마득히 잊고 살겠지만, 저는 초등학교 시절부터 병이 든
오늘에 이르기까지 스님을 잊지 않고 살아갑니다. 부질없는 짓이
라 제 이름도 밝히지 않겠지만, 스님이 쓰신 책 속에서 제 이름을
찾아내고 얼마나 마음이 설레고 기뻤는지 모릅니다. 저에게는 딸
이 둘인데, 하나는 초등학교 선생으로 또 한 아이는 면사무소 공무
원이라서 큰 걱정거리 없이 살고 있습니다. 다만 몹쓸 병을 앓고
있어 세상을 떠나기 전에 이용주, 향봉 스님을 한번 만나는 일이었

습니다. 오늘 절에 와서 먼빛으로 스님의 모습만 지켜보다 신도들과 나누는 우렁찬 스님의 목소리만 가슴에 담아갑니다. '스님, 저왔어요' 하고 외치고 싶지만 그럴 용기는 사그라들어, 스님과 함께마시고 싶은 찻값만 봉투에 남기고 떠납니다. 다음 생이 있다면 스님의 형제나 친구로 다시 태어나고 싶습니다.

그 후 반년도 훌쩍 지난 어느 날 젊은 부부가 사자암에 다녀갔다. 그들은 편지 속 당사자인 초등학교 선생님이요 그의 남편 되는 사람이었다.

"저희 아버지는 교통사고로 일찍 돌아가셨고 어머니가 두 딸을 대학까지 보내셨지요. 어머님은 간암으로 돌아가시기 전에 얼마 전까지도 스님에 대한 이야기를 하셨어요. 어머님 가슴속에는 어린 시절의 스님에 대한 그리움이 남아 있었어요. 오늘 저희는 어머님이 다닌 원불교 교당에서 49재를 지내고 어머님 대신 사자암을 찾은 거예요."

나는 가슴이 멍멍해 속으로 울고 있었다. 내가 쓴 책에 자주 등장하는 '길자년'이 그녀의 어머니였던 것이다.

참, 세상이 지랄같이 허무하구나.

참으로 오랜만에 편지라는 걸 쓰고 있습니다. 어색하고 어울리지도 않는 일이지만 어느 날 어느 순간에 죽음에 이를지 몰라 몇 자 적어봅니다.

스님은 항시 반듯한 모습으로 둘레를 밝혀주는 등불이셨고 여러 가지 의미에서 모범이셨습니다. 하여, 스님과의 만남이 그리워 자주 실상사를 찾았고 대화를 통해 탁마의 정을 나누었습니다.

바로 본론을 꺼내어 스님께 부탁 말씀드립니다.

내가 스님보다 세상을 먼저 떠날 경우 나의 장례는 이틀을 넘기지 말고 상여나 관이나 만장 따위 없이 입은 옷 그대로 둘둘 말아서 아무 곳의 화장터에서 태워주시길 부탁드립니다.

혹여 몇몇 신도들이 49재 따위를 주장하면 스님께서 혼내주시고, 죽은 자의 사진 한 장도 어디에도 걸어두는 일이 없게 깔끔하고 개운한 마무리를 부탁드립니다.

당연히 나의 죽음을 도반 누구에게도 알리지 마시고 불교신문 등에 단 한 줄의 나의 죽음 소식이 실리지 않길 희망합니다.

지극히 당연한 일이지만 살아서도 생일 따위는 잊고 살았으니 생일 따위 제삿날 따위 챙기는 일 없게 신도들에게도 나의 뜻을 잘 설명해주십시오.

내 죽어 따스한 봄바람으로 돌아오리니
피고 지는 들꽃 무리 속에 돌아오리니
아침에는 햇살처럼 저녁에는 달빛처럼
더러는 눈송이 되어 더러는 빗방울 되어

한 점 바람으로 개운하게 사라질 수 있게 좋은 도반 도법 스님께 부탁의 말씀 남깁니다.

3
장

아픔 속에서
나날이 철이 들고,
철이 들면서
서서히 사라져가는 것

세상은 길이고 인생은 여행이다

여행은 교과서이자 스승이다. 좋은 경험은 좋은 스승이 될 수 있기 때문이다. 여행은 설렘이다. 고단하고 지쳐 있어도 여행은 언제나 설렘으로 다가온다. 여행에서의 겪게 되는 크고 작은 일들이 삶의 자양분과 활력소가 되어 용기와 힘을 주기 때문이다.

세상은 길이다. 인생은 여행이다. 사람은 길 떠남의 나그네로 철이 든다. 삶의 의미를 되짚으며 마음의 키를 자라게 하며 철이 드는 것이다. 길에는 꽃이 있다. 자갈이 있다. 배고픔도 목마름도 길게 누워 있다. 좋은 스승, 착한 벗도 만날 수 있다. 길은 또 하나의 교과서이다. 경험과 체험은 산지식이 되어 밝음을 더해준다. 좌절과 고통은 장애를 물리치는 힘이 된다. 길 위에서 만남과 헤어짐이 이어지는 가운데 삶의 의미, 또 하나의 지혜를 챙기게 된다. 더러는 가슴 벅찬 설렘도 있지만 가슴 싸한 눈물방울도 만나게 된다. 길은 또 하나의 스승이요 벗이다.

길에는 덫과 올가미가 여행자를 기다리고 있음도 살펴야 한다. 건강도 챙겨야 하지만 주변도 살펴야 하는 것이다. 여행 기간에 위험도 닥칠 수 있고 사고도 널려 있지만, 몸챙김과 마음챙김으로 후회할 일은 남기지 않는 게 여행자의 기본 덕목이다. 처음 가본 곳, 낯선 사람을 만나는 만큼 기본과 상식을 갖춰 이해와 배려로 오해와 다툼을 줄여야 한다. 절약은 여행의 기본이요 챙김은 여행의 필수이다. 여행에서의 게으름은 낭비임을 알아차려, 부지런하게 몸과 마음을 움직여 세상을 담아오는 일에 소홀함이 없어야 한다. 친절과 미소는 여행자 누구나 지켜야 할 덕목이다. 몸짓, 손짓, 얼굴의 미소는 세상 어디에서나 통할 수 있는 살아있는 언어이다.

경험은 살아 움직이는 교과서이자 참 좋은 스승임을 잊지 말 일이다. 오늘의 여행은 오늘만 즐길 수 있는 마음 열림의 순간이다. 순간이 없는 영원은 있을 수 없을 터이다. 오늘의 주인공으로 세상의 중심에 우뚝 선 열린 자가 되어 살 일이다. 세상은 누구에게나 아는 만큼 보이고 느끼는 만큼 채워지는 것이다.

오늘의 경험이 마음속에 남아 꽃이 되고 열매를 거둘 수 있게, 인생을 여행 삼아 나그네로 빛을 모으며 살아보자. 인생은 여행이요, 여행은 인생을 더욱 풍요롭게 하기 때문이다.

세
상
의
주
인
공
은
나

해가 떠오르는 곳은 동쪽이다. 해가 지는 곳은 서쪽이다. 그렇다면 어디에서 어디까지가 동쪽이고 어디에서 어디까지가 서쪽일까? 누구에게나 묻게 되면 아무나 머뭇거리며 대답을 망설인다. 이에 대한 명쾌한 대답은 동서남북의 중앙에 서 있는 바로 나, 내 자신의 위치로부터 동쪽과 서쪽이 갈라지게 되는 것이다.

부언 삼아 설명하자면 나를 기준으로 해 떠오르는 곳이 동쪽으로 지칭하는 것이요, 나를 중심으로 해지는 방향이 서쪽으로 분류하고 있기 때문이다. 그런 의미에서 나는 언제나 동쪽과 서쪽의 중간 지점에 서 있는 것이며 남쪽과 북쪽의 가운데 중심에 서 있는 것이다.

나는 세상의 어느 곳에 서 있어도 동서남북의 중심, 가운데의 주인공인 셈이다. 본래 동서남북은 정해져 있지 않다. 세계의 표준 시간도 앞서가는 영국을 기준으로, 좌우로 적도와 위도의 위치를 정해가며 시간이 달라지고 있는 것이다. 행복도 불행도 정해진 규범이나 틀이 없는 것이다. 자유도 평화도 마음가짐에서 느낌으로 누릴 뿐이다.

내가 동서남북의 중심에 서 있는 한 나에게는 경계해야 할 변두리와 모서리가 없을 터이다. 좌와 우도 없는 것이다. 우열과 열등도 없는 것이다. 아웃사이더가 아닌 인사이더의 주인공이 바로 나이기 때문이다. 나는 선택된 사람이고 세상의 중심에 서 있는 천하제일의 주인공이기 때문이다. 나는 삶의 엑스트라가 아니다. 주연 배우이다.

'나'는 창조주는 아니지만, 나날이 새롭게 삶을 일구며 창조 정신으로 빛이 되어 살아갈 일이다.

1996년 12월 1일, 티베트에서의 기록

12월 1일인데 칼바람이 뼛속까지 파고든다. 어금니는 부어올라 음식을 씹을 수 없고 편도선의 통증으로 뜨신 물을 삼키기에도 힘에 겹다. 한국산 두툼한 파카를 입고 있는데도 이빨이 달달달 떨릴 만큼 춥다.

이곳 티베트의 조오공에서 이틀을 머물고 있지만 창뚜 가는 버스는 소식이 없다. 게스트하우스엔 삐걱대는 판자침대뿐, 담요 두 장으로 밤의 추위를 견디어야 한다. 화장실은 숙소에서 100미터 거리의 강변에 있다. 자연친화적이라서 용변은 비스듬한 언덕 아래의 강물로 흘러든다. 문짝이 없는 화장실에서 서로 마주보는 것도 민망스런 일이지만, 엉덩이 부근으로 파고드는 드센 바람도 견뎌야 한다.

드넓은 강물에는 헤아릴 수 없이 많은 얼음덩이가 떠밀려 부딪치며 흘러가고 있다. 티베트의 밤하늘은 무수한 별들이 앙상한 나뭇가지에 걸려 있는 듯 가깝게 떠 있다. 숙소에서 화장실로 가는 길은 외진 길이라서, 대개는 방마다 하나씩 공급되어 있는 세숫대야에다 소변쯤은 간단하게 해결한다.

달빛이 아니어도 티베트의 밤은 초롱초롱한 무수한 별빛으로 꿈과 설렘을 안겨준다. 티베트의 밤하늘은 누구나 시인이 되게끔, 아무나 향수에 젖어 울먹이도록 열린 마음으로 다가온다. 으스스 떨리는 몸을 이끌고 강물을 바라다보거나 하늘의 별빛을 올려다보면 미치고 환장할 만큼 한국이 그립다. 어머님이 그립다. 뜨끈뜨끈한 온돌방이 그립고 배추김치, 깍두기가 그립다. 길거리의 군고구마, 붕어빵이 그립다.

한국에 가면 짜장면은 언제나 곱빼기로, 팥고물 찰떡은 배가 터질 만큼 먹을 생각이다. 어린 시절의 광숙이, 길자, 은경이도 보고 싶고 통도사 후원의 행자 시절 눈물방울도 비눗방울처럼 뜨고 있다. 어머니! 길게 부르면 서러운 게 왜 이리도 많은지, 생각은 하늘을 날아 고향 처마 밑에서 놀고 있다.

주일마다 어머니의 손을 잡고 예배당에 가게 되면 주일학교 여선생님도 예쁘지만 사탕이며 빵이며 입이 즐거워 생일 같았다. 다만 목사님의 그럴듯한 설교 뒤에 미운 바퀴벌레처럼 기어나오는, 헌금을 강요하는 듯한 매미채의 등장은 주머니가 비어 있는 내게 공포의 대상이었다. 하나님에게 기분 좋게 바칠 동전이 없어 늘

죄송했고 그럴 때마다 잠자는 시늉도 체면 없는 짓이었다. 교회를 오고 가는 길거리에서 어머니는 교과서에는 나오지 않는, 활자 없는 말씀의 책으로 어린 나의 가슴에 훈훈하게 군불을 지피시며 꿈의 날개를 달아주셨다.

어머니는 내게 있어 빛이자 부처님이다. 길거리에서 열 번 쓰러져도 열한 번 일어나는 끈질김의 잡초 근성은 어머니의 말씀을 깊이 새긴 교육 덕이었다.

사람은 누구나 여행하면서 철이 든다. 새로운 문화를 배우고 색다른 환경도 익히며, 부대끼고 아파하면서 길을 찾는 것이다. 허허벌판에 홀로 서서, 절대고독의 의미를 몸으로 부딪쳐 깨달으며 감사와 고마움, 미안함을 배우는 것이다.

사람은 누구나 홀로 태어나 홀로 죽는다. 무수한 길을 걸으며 무수한 만남과 헤어짐 속에서 윤회하지만, 원초적인 타는 목마름과 마음의 허기는 타인(他人)으로부터 채울 수 없는 것이다. 인생이란 어찌 보면 짧고 긴 여행이다. 여행에서의 경험은 지혜를 일구는 터전이 된다. 경험은 스승이요 교과서이기 때문이다.

여행은 설렘이지만 몸과 마음이 지칠 수 있다. 죽음의 고비도, 뼈를 녹이는 절대고독과 모진 병도 역경도 만날 수 있다. 그때마다 "신(神)이 위대한 것이 아니라 신을 만든 사람이 위대하다"는 『짜라투스트라는 이렇게 말했다』에 박힌 글이 위안이 될 수도 있을 터이다. 너와 나, 우리 모두는 떠나며 살 일이다.

새끼염소와의 이별

티베트의 조오공에 있는 어느 숙소에 머물고 있을 때의 일이다. 그 집에서 기르는 염소가 새끼 한 마리를 낳고 이내 죽어버렸다고 한다. 하여, 새끼염소는 어미의 정도 모른 채 사람들에 의해 길러지고 있었다. 싸구려 값싼 우유만 먹여 새끼염소는 날마다 설사를 하고 여위어가고 있을 때 나를 만난 것이다.

　나는 질 좋은 우유를 사와 끓인 후 적당히 식혀, 일정한 시간을 정해놓고 새끼염소에게 먹이기 시작했다. 따뜻한 수건으로 눈꼽도 닦아주고 설사로 헐어버린 항문도 치료해주었다. 그렇게 며칠을 지내자 새끼염소는 나의 기침소리만 들어도 반가워 짧은 꼬리를 흔들며 내 뒤만 졸졸 그림자처럼 따라다녔다. 밤에도 새끼염소가 나와 떨어지지 않으려고 문 밖에서 자꾸 울어대서, 아예 한방에서 자기로 했다. 다른 곳으로 떠나려는 여행 계획도 자꾸만 뒤로 밀려나고 있었다.

어디를 가든 염소는 나의 그림자처럼 따라다녔다. 내가 걸으면 새끼염소도 걷고, 내가 뛰면 새끼염소도 뛰며 나의 분신처럼 움직였다. 식당에 가든 화장실에 가든 내 곁에서 떨어지지 않으려는 애잔한 눈망울로, 여행 계획을 자꾸 뒤로 미루게 했다.

새끼염소와 한방에서 머문 지 한 달여 만에 나는 염소와 헤어지기로 결정했다. 날이 더 추워지기 전에 티베트를 떠나야 한다. 내가 입고 있던 옷은 겨울옷이 아니라, 추위와 맞설 수 있는 옷이 아니었기 때문이다. 새끼염소와 눈맞춤하며 젖어 있는 눈빛으로 내가 말했다.

"아가야! 마음이 몹시도 아프구나. 이 세상에는 그 어느 것도 영원한 것은 없는 법이란다. 우리처럼 이렇게 만나면 이내 헤어지는 아픔 속에서 나날이 철이 들고, 철이 들면서 서서히 사라져가는 것이란다. 너와 나 그리고 우리 모두는…"

의문투성이의 수상한 여행자

티베트의 라싸는 그들의 행정수도이다. 문화유적이 많고 모여 사는 인구는 20만 명에 턱걸이하고 있다. 그 유명한 포탈라궁도 라싸의 대표적 관광명소이다. 이곳저곳의 여관을 찾아 조건이 좋은 곳을 골라 한 달 가량 머물 때의 일이다.

그때 마침 월드컵 경기가 서울에서 열리고 있어 저녁이 되면 레스토랑이나 카페에서 여행객들이 모여앉아 각기 다른 응원을 즐길 때의 일이다. 햇살이 잘 드는 창가에 앉아 글 쓰는 작업을 열심히 하며 책 읽기로 쏠쏠한 재미를 느끼며 일상의 여유를 즐기고 있었다.

그러던 어느 날 총 든 경찰 두 명이 나를 찾아온 것이다. 다짜고짜로 방안을 샅샅이 뒤진 후 여권과 외국인거류증, 학생증까지 챙겨가며 경찰서로 동행할 것을 강요하는 것이다. 무례한 그들에게 항의하며 승려 신분까지 밝혔으나 어디론가 전화질까지 하며 고압적인 자세는 수그러들 기미가 보이지 않는다. 하여, 나의 얼굴이 박혀있는 책 두 권을 들고 그들이 타고 온 경찰차를 타고 수갑만 차지 않은 죄인 취급을 당하며 경찰서 취조실 의자에 앉게 된다.

병마용으로 유명한 서안에서 은행 강도 사건이 있었는데 그때의 범인이 외국인 차림이었고 동양인 같다는 것, 그들이 내민 몽타즈의 얼굴이 나오는 상관 없어 보였는데도 게스트하우스의 종업원이 나의 수상한 동태를 살펴 포상금을 노리고 신고한 것이었다.

온종일 방안에만 말뚝처럼 박혀 있고 레스토랑이나 카페 출입이 전혀 없고 월드컵 경기까지 멀리하고 사람 모인 곳을 피한다는 것, 종업원들에게도 눈인사만 나눌 뿐 술 한 잔 없는 의문투성이의 수상한 여행자라는 것이었다.

결국 나는 혐의 없음으로 풀려나지만, 조용한 여행도 더러는 뜻밖의 소란을 불러들임을 느끼게 된다.

덫
과
올
가
미

외국 여행자가 즐겨 머무는 티베트 라싸의 호텔이나 게스트하우
스 같은 곳에서 드물게 볼 수 있는 사람 찾는 전단지 하나 옮겨놓
겠다. 찾아야 할 사람의 사진이 전단지 안에서 상반신의 모습으로
환하게 웃고 있었다. 영어와 중국어로 한글로 사연이 적혀 있었다.

　"우리 아이는 대학교 3학년 재학 중인데 군산에서 배를 타고
중국의 청도에 잘 도착했다고 전화가 왔습니다. 태산을 거쳐 티
베트로 가기 위해 성도(成都)에 머물 때도 건강하다며 전화가 왔었
습니다. 그러나 티베트에 도착 이후 소식이 한 달째 없습니다. 대
사관과 영사관의 협조를 받고 있으나 찾을 길이 없습니다. 배낭에
는 코오롱 스포츠 마크가 찍혀 있고 등산화는 블랙야크입니다. 파
카와 바지도 검정색 띤 파랑입니다. 안경은 뿔테의 돋보기안경을

끼고 있습니다. 체격은 마른 편이고 키는 1m 83cm입니다. 비슷한 사람을 보신 분은 대사관이나 영사관 주소나 전화로 알려주시면 반드시 사례하겠습니다."

이러한 사람 찾는 전단지를 볼 때마다 가슴이 답답하고 멍멍해진다. 해외여행길에는 덫과 올가미가 널려 있다. 카메라와 달러를 노리는 함정도 있고 미인계도 깔려 있다. 방심하면 사고로 이어지고 검은 그림자를 불러들이게 된다. 해외여행에서는 몸가짐 마음가짐이 상식과 원칙이 통할 수 있게 기준 지킴이 필수적이다.

물론 빈틈이 있고 허술해 사고를 당하는 것은 아닐 터이다. 그러나 홀로 하는 해외여행에서는 생활 지킴이로 챙기고 다지며 느슨하게 풀어지지 말 일이다.

처연하고 슬프디 슬픈

티베트의 망캉터미널은 버스와 트럭이 함께 사용한다. 정기노선 버스는 일주일에 세 번이고, 트럭은 목재며 시멘트 등을 싣고 줄곧 드나든다.

이틀째 온수는커녕 찬물도 나오지 않는 터미널 2층의 게스트하우스에서 썰렁하게 몸살을 앓은 후, 터미널 부근의 국수와 찐빵을 파는 가게로 갔다. 늙은 아줌마와 흥정이 어렵게 이루어져 코리안 누들(신라면) 일곱 개 값을 선지불한 후, 아궁이에 불을 지펴 한 솥의 뜨신 물로 아줌마가 곁눈질을 즐기든 말든 대충 가리고 홀라당 벗고 몸의 찌든 때죽물을 번개처럼 빠르게 씻었다. 적은 물이지만 그래도 신체의 중요 부분은 말끔히는 아니더라도 치약을 비누 삼아 씻었다.

대충 빠른 목욕을 끝낸 후 국숫집 햇살이 드는 창가에 앉아 날아갈 듯 가뿐하게 졸고 있었다. 그런데 예쁘고 키 큰, 그러나 옷차림 등의 형색이 초라하기 그지없는 아가씨가 가게 문 안으로 빼꼼히 얼굴만 드리민 채 "워 야오 취 망캉"을 외친다. "나는 망캉에 가야 합니다"를 외치고 있는 것이다.

망캉에 와서 망캉을 찾는 처연한 모습의 아가씨는 추운 날인데도 외투도 없이 운동화는 해져 발가락이 나올 정도였다. 나는 그녀를 자리에 앉히고 만두와 찐빵, 국수도 한 그릇 대접했다. 게눈 감추듯 빠르게 국수에 만두와 찐빵을 먹어치운다. 내가 입고 있던 한국산 파카를 그녀에게 입히고 몇 푼의 돈과 찐빵을 봉지에 담아 그녀에게 건넸다. 그러나 그 망캉을 외치던 아가씨는 파카는 벗어 던진 채 돈과 빵봉지만 챙겨 찬바람의 거리로 멀어져갔다.

솔찬히 배도 불룩한 임신한 모습으로, 망캉에 와서 망캉에 가야 한다며 슬프디 슬픈 목소리와 함께 멀어져간다.

고산증세로 쓰러지며

망캉 버스터미널에서 머문 지 사흘 만에, 광동에서 온 여자대학생 두 명과 상해에서 온 남자대학생을 만나게 된다. 넷이서 창뚜 가는 버스를 타게 된다. 1박 2일의 장거리 버스이다. 늦은 밤시간에 버스는 자갈길, 비포장길을 뒤뚱거리며 달리고 있었는데, 나는 서서히 정신을 잃게 된다. 멀미가 아니라 조오공의 높은 고지를 지나며, 고산증세로 정신이 혼미해지며 정신줄을 놓게 된다.

옆자리의 광동 여학생이 당황하여 나의 몸을 흔들며 뭐라고 말하고 있었으나, 온몸은 마비되고 정신은 혼미해져 가고 있었던 것이다. 상해의 남학생이 나의 얼굴에다 찬물을 부으며 뺨을 세차게 때리고 있었지만 나의 시력은 침침해져 사물이 흐릿하게 보일 뿐이다. 버스 안의 모든 사람들이 불교의 진언이 적힌 하얀 종이

조각을 수없이 날리며 알아들을 수 없는 소리로 작별인사를 나에게 건네고 있었다. 나중에 알았지만 죽어가는 자의 왕생극락을 비는 그들만의 의식이었던 것이다.

그 뒤 나는 완전히 정신을 잃게 되었고 버스는 그래도 달려 이른 새벽에 '방따'라는 곳에 이르게 된다. 방따는 마을도 없는 황량한 산골이지만 라싸와 창뚜로 가는 갈림길에 위치해 있는 곳이다. 티베트에는 두 곳의 비행장이 자리하고 있는데, 라싸가 큰 공항이고 창뚜가 작은 공항이다.

방따는 해발이 낮은 곳이라서 방따에 이르러 나는 되살아난다. 광동과 상해에서 온 세 명의 대학생은 손뼉을 쳐대며 나의 부활을 기뻐했고 버스 안에서는 나의 회생을 기뻐하는 진언이 적힌 하얀 종이 조각이 수많이 날리고 있었다.

나는 아랫바지에서 엄청난, 뭉개진 똥을 치우게 된다. 나도 모르게 배설한 똥 때문에 되살아난 것이다.

안간힘을 다해 쓴 글

내 죽거든
이웃들에게 친구들에게 알리지 말길
관이니 상여니 만들지 말길
그저 입은 옷 그대로 둘둘 말아서
타오르는 불더미 속에 던져버릴 것
한 줌 재도 챙기지 말고 버려버릴 것

내 죽거든
49재다 100재다 제발 없기를
쓰잘 데 없는 일로 힘겨워 말길
제삿날이니 생일이니 잊어버릴 것

죽은 자를 위한 그 무엇도 챙기지 말 것
죽은 자의 사진 한 장도 걸어두지 말 것

내 죽어
따스한 봄바람으로 돌아오리니
피고 지는 들꽃무리 속에 돌아오리니
아침에는 햇살처럼 저녁에는 달빛처럼
더러는 눈송이 되어 더러는 빗방울 되어

티베트의 '당시옹'이라는 지역에서 고산증세로 쓰러져 죽어
가고 있었다. 허름한 게스트하우스 주인은 흔히 있는 일이라며 병
원도 없고 택시도 없다는 것이었다. 가슴이 답답하고 머릿속이 터
져버릴 것 같은 고통 속에서 안간힘을 다해 쓴 글이 바로 〈내 죽거
든〉이다.

내가 정신을 차린 곳은 군부대의 의무실이었다. 티베트 지역
에서는 경찰이 아닌 무장한 군인이 게스트하우스를 점검차 왔다
가 실신해 있던 나를 의무실로 옮긴 것이다.

그곳에는 열악하긴 하나 산소통이 준비되어 있었다. 담당 장
교가 내 소지품을 돌려주며, 종이에서 기어가고 있는 〈내 죽거든〉
도 함께 주었던 것이다.

그날 밤 그들이 제공한 군용트럭을 타고 라싸로 오게 된다.

티베트의 '사미에'라는 곳에 여관이 딱 한 곳 있다. 이름이 여관이지 흙벽과 돌로 쌓아올린 2층짜리 난민수용소 같은 허름하기 이를 데 없는 집이었다. 겉모양만 초라한 게 아니다. 1층에서 2층으로 오르는 계단은 아예 없고 사닥다리를 타고 올라가야 한다.

방마다 화장실이나 수도꼭지가 없는 것은 당연한 일이다. 시골집의 헛간문 같은 판자문을 밀치고 들어서면 그 안에 두 개 또는 세 개의 방이 있다. 내가 머물 수 있는 방은 2층인데 판자문을 열고 들어서자 긴 머리의 남자 한 명이 나무침대 위에서 바느질을 하고 있었다.

그가 먼저 중국말로 '좋은 오후입니다' 하고 말을 건네오는 것이었다. 나의 방은 그 긴 머리 사내가 앉아 있는 침대의 모서리에 또 하나의 판자문이 있어, 그 안에 침대 하나가 달랑 놓여 있는 방이었다. 시체가 방금 떠난 방처럼 온갖 냄새가 엉켜 있었다. 내가 머물 방까지 안내해준 사람은 60살도 넘어 보이는 종업원이자 지배인인 일인다역의 노인이었다.

여행을 하면서 어디에서든 제일 먼저 알아두어야 할 곳은 화장실이다. 일인다역의 노인에게 화장실을 묻자 그는 손짓으로 따라오라는 것이었다. 2층의 한쪽 귀퉁이에 어른의 허리 높이로 돌담이 둘러 있었고, 그 안에 구멍이 두 곳이나 아래로 뚫려 있었다. 남자 따로 여자 따로가 없는 변소라서 이럴 경우 대부분 방마다 한 개씩 공급되어 있는 세면대야에다 간단한 용무는 처리해버리는 것이다. 밤에는 더욱 이용자가 늘고 있어 세면대야는 거뜬하게 요강 구실을 하는 셈이다.

라싸에서 사미에까지는 강줄기 따라 배로 오는 한 시간까지 합쳐 6시간 가량 소요된다. 먼 거리도 아니고 피로가 쌓일 여행도 아니었지만 그 당시 나는 줄곧 설사를 달고 있어서 지칠 대로 지쳐 있었다.

잠에서 깨어난 것은 아마도 시큼한 냄새와 메슥거리는 느낌의 편치 않음 때문이었을 것이다. 나무침대 위에 깔려 있는 스펀지로 된 매트리스를 들춰보자 반쯤은 마르고 반쯤은 질퍽한 입으로 토해낸 배설물이 이곳저곳에 엉켜 있었다. 누군가가 어젯밤에 고산증에 시달리며 끊임없이 토해냈으리라.

그는 아마도 기진맥진해 있었음인지 매트리스를 뒤집어만 놓

고 떠난 것이다. 나는 아예 딱딱한 판자침대 위에서 자기로 하고
메트리스를 둘둘 말고 있었다. 고산증세는 그만큼 지독한 것이다.
매트리스를 치우면서도 어젯밤의 누군가가 전혀 밉지 않았다.

　가슴이 싸하게 아파왔을 뿐.

또
하
나
의
탈
출

티베트의 르까체에 며칠 머물 때이다. 이곳에는 달라이 라마 다음
으로 꼽히는 판첸 라마가 머무는 사찰이 있어 여행자들이 즐겨 모
여드는 곳이다.

그런데 이상한 일이다. 그곳의 재래시장이나 고샅길의 작은
찐빵가게를 가도, 우연찮게 한 여인과 자주 마주치게 된다. 그럴
때마다 그 여인은 내게 가까이 다가와 영어나 중국어로 말을 걸어
왔다. 영어는 절벽이고 그래도 의사소통이 가능한 중국어로 일상
의 소소한 정보도 나누기에 이르게 되었다.

그녀는 내가 머물고 있는 게스트하우스로 숙소까지 옮겨와
친구가 되길 희망했다. 인상도 깔끔하고 말투에서도 교양이 드러
날 만큼, 물질거래에도 인색함이 없는 북경 연합대학생이라는 것

이다. 연합대학은 내가 처음 중국어를 익힌 곳인데, 우연은 필연으로 줄달음질 치고 있었다. 나중에 알게 된 일이지만 은연중에 내 입에서 연합대학이 튀어나왔고, 낌새 알아차림에 능한 그녀는 어느새 북경의 연합대학생 행세를 했던 것이다. 끈적끈적하게 접근하는 그녀가 능글스럽게 느껴져 그녀 몰래 새벽에 버스를 타고 다른 여행지로 떠날 참이었다.

그런데 이른 새벽인데도 버스터미널에서 그녀를 만나게 된다. 그녀에게는 내가 먹이였고 좋은 수입원이 될 수 있는 타깃이었던 것이다. 버스 옆자리에 앉아 있는 그녀를 경계하며 정신을 바짝 차리고 있는데, 그녀가 작은 음료수병을 건네주며 피로회복제이니 마시라는 것이다.

그녀가 한눈파는 사이 볼펜을 떨어트려 그녀가 줍게 했다. 그 사이 나는 빠르게 그녀의 음료수병과 나의 것을 바꿔치기했다. 낌새를 알아차리지 못한 그녀는 음료수를 마셨고, 이내 깊은 잠에 빠져드는 것이었다.

음료수병을 만지작거리며 마시지 않은 나는 물론 멀쩡했다. 잠이 든 그녀를 버스에 두고 다음 정거장에서 내리게 된다. 또 하나의 탈출인 셈이다.

걸어서 5분 거리인 시장에서 연꽃뿌리랑 토마토랑 사들고 오다, 길거리의 걸인한테 1원씩 2원씩 건네준다. 숙소로 돌아와 티베트 생활 넉 달 동안 먹고 싶었던 된장찌개 끓이고 깍두기를 버무린다. 바로 그때 일주일에 한두 차례 울리는 전화벨 소리.

"접니다. 전화도 안 되고 소식이 궁금해서요."

십 년이 지나도록 유학생활의 경비를 다달이 보내주는 동생의 목소리이다.

"이곳은 걱정하실 것 없습니다. 건강히만 계시면 저희도 아무 걱정 없습니다. 안빈이는 원광대학교에 거뜬히 합격했고, 형재는 전주고등학교에 합격했는데 성적이 좋습니다."

몇 년째 한국의 경제가 땅바닥을 기고 있는데, 첫째와 둘째 조

151

카의 합격을 알리는 들뜬 목소리. 마음이 아프다. 다달이 미국 달러를 받아서 쓰는 오십 된 동생이 오십둘인 형의, 그것도 출가 수행승인 형의 온갖 뒷바라지를 맡고 있었다.

"개암통상에서 만든 죽염제품들이 국내 백화점과 공항 등의 면세점에서 나날이 잘 팔리고 있어 경제는 전혀 걱정하실 게 없습니다."

형 둘이 출가해 스님이 된 후, 동생 부부는 부모님을 편히 모시는 효자 효부가 되었다. 가난한 친척과 친지들의 생활도 거들며 돈 나가는 일이 널려 있었다. 그런데도 동생 부부는 숙명처럼 받아들이며 어두운 친척들에게 빛이 되려고 노력했다. 늘 미안하고 고마운 일이었다.

전화를 끊고 깍두기를 버무리며 작년 5월에 가신 어머님의 봄날 같은 미소를 떠올린다. 곤명(昆明) 날씨는 왜 이리도 나날이 봄날 같은지, 봄날 같은 어머니의 목소리에 동생의 목소리가 엉키고 있어 깍두기 버무리는 손끝이 떨리고 있었다. 왠지 모를 눈물이 번지고 있었다. 세상사 되돌아보면 몇 점 바람이요 허무의 그림자인데, 동생이랑 어머니랑 주일마다 예배당 가던 일이 꿈결처럼 느껴진다.

예배당에서 사탕 받아먹던 아이는 스님이 되어, 십 년째 깨달음을 향해 해외에서 순례 중인데….

온몸이 박살 나는

아픔 속에서

돈황석굴이 있는 사막지대에서 엿새째 몸살감기를 앓고 있다. 의
사들은 말라리아에 걸린 거라며 겁을 주지만 나는 안다. 허기진 육
체에서 일어난 정직한 반란임을.

열흘도 넘게 설사병을 달고 다니며 물과 과일로만 견뎌온 육
체의 당연한 반란이었다. 삭신은 녹아 뼈까지 타고 있는지 머리끝
에서 발끝까지 온통 몸뚱어리가 불바다이다. 땀방울이 빗방울처
럼 흐르는 불바다이다. 그런데도 턱이 떨리고 뼈가 떨리고 온몸이
박살 나는 아픔 속에서, 얼음물에 박혀 있는 알몸처럼 뼛속까지 파
고드는 추위로 신음하고 있다. 가슴으로 뱉어내는 밭은기침 소리,
반 모금의 물도 제대로 삼킬 수 없다. 목이 퉁퉁 부어있어 가래로
막히고 있다.

여행지에서 가장 힘겨운 것은 앓아누워 혼자서 삭임질하는 것이다. 젖은 자리를 피해 옆으로 옮겨 누웠다가 젖은 자리로 되돌아올 수밖에 없는, 비좁은 싱글침대의 써늘함이 오싹하다. 녹두죽 한 그릇 먹어봤으면, 펄펄 끓는 온돌방에 누워봤으면, 졸아드는 나그네의 푸짐한 생각들이 처량하다. 설핏 잠든 꿈속에서도 뜨신 잣죽에 쌍화탕 마시며 숯불에 인절미 굽는 냄새도 따라가면서 나그네의 외진 길을 가고 있었다.

인생은 여행이라며 끊임없이 떠나가는 여행이라며, 아마도 그럴 수 있다. 드러누운 채 뼈만 남긴 나무의 뿌리처럼 여행지에서 사라져갈 운명일 수 있다. 그래도 돈황석굴의 부처님처럼 잔잔한 미소 속에 사라질 수 있다면, 녹두죽도 잣죽도 마다하며 누운 땅을 온돌방 삼아 사라질 수 있다면, 머묾 없이 살다가 자유롭게 바람처럼 흔적 없이 사라질 수 있다면….

해외에서 그것도 여행 중에 앓아눕게 되면 누구나 그 아픔과 외로움이 뼛속까지 파고들 터이다. 한국을 홀로 떠나와 순례의 길을 걸어온 지 10여 년, 죽을 고비도 여러 차례 넘겼지만 사막지대에서의 몸살감기는 말라리아 못지않은 고통이었다.

그러나 어쩌랴, 스스로 선택해 걷는 나그넷길인 것을. 훅 불어 꺼져버리는 호롱불처럼 사라지면 좋으련만….

장
거
리
여
행
길
의

화
엄
세
계

사람의 삶이 인생이다. 요람에서 무덤까지의 여행이 인생이다. 인
도나 중국에서 2박 3일쯤 달리는 장거리 버스나 기차를 타고 가다
보면 옆자리의 얼굴이 몇 차례 바뀌게 된다.

　노인이 앉았다가 젊은이로 바뀌고, 고운 얼굴에서 미운 얼굴
로 바뀌어가는 것이다. 차창으로 스쳐가는 풍경도 시간에 따라 옷
을 갈아입는다. 황량한 벌판을 지날 때도 있고 옥수수밭, 해바라기
꽃밭을 지날 때도 있다. 강물에 멱감는 아이들도 볼 수 있고 염소
떼를 몰고 가는 목동도 볼 수 있다. 건널목에서 만나는 풍경도 지
역에 따라 사람의 차림이 다르고 색깔이 다르다.

　간혹 머무는 정거장에서는 먹거리를 파는 아주머니와 아이들
의 들뜬 함성이 애잔한 목소리로 몰려온다. 한 개라도 더 팔기 위

해 차에까지 잠시 올라 눈물겹도록 사설을 늘어놓으며 품질의 우수성을 웅변하듯 말하고 있다. 과일이나 간단한 먹거리를 사서 옆자리의 이름 모를 사람과 나누게 된다. 드문 일이지만 거스름돈을 준비해 오겠다며 줄행랑을 치는 얌체 상인도 만나게 되는 것이다.

장거리 버스나 기차를 타고 여행을 하다 보면 곳곳에서 선재동자가 만난 스승들을 만날 수 있다. 어떤 사람은 옆자리에서 멀미를 견디다 못해 음식물을 토해내고, 어떤 이는 깊이 잠이 들어 코골이로 요란함을 더해준다. 다소곳한 아가씨는 껌 씹는 소리로 신경을 자극하고, 어떤 노인네는 일주일은 목욕을 안 했는지 땀 지린 냄새에 곰팡이 삭는 냄새가 질기게도 풍겨온다.

장거리 버스나 기차는 그 자체만으로도 화엄의 세계이다. 보현보살도 문수보살도 만날 수 있다. 차창 밖으로 펼쳐지는 풍광은 또 하나의 사바세계이자 극락정토이기 때문이다. 사람은 누구나 다양한 경험 속에서 철이 드는 눈물방울이기 때문이다.

티베트에는 장의학(藏醫學)이 있다. 중국의 한의학처럼 장의학 또한 서양인들의 관심을 집중 받는 좋은 의학이다.

장의학에서는 사람의 건강을 쉽게 체크하고 있다. 잘 먹고 잘 자고 잘 배설하면 건강한 사람으로 분류한다. 노화로 인해 늙음에 이르렀을 경우에도 시력, 청력, 기억력, 소화력, 배설력, 보행력, 중심력을 중심으로 건강상태를 점검한다. 이것을 노인건강 7대 진단법이라 칭하는데, 끝부분의 중심력은 성기능을 의미한다.

물론 건강은 7할이 타고나는 것이라서 젊은 학생시절부터 시력이 좋지 않아 돋보기안경을 낄 수도 있고, 청력이 타고날 때부터 희미해 보청기의 도움을 받게 되는 경우도 드물지 않을 터이다. 그러나 세월이 흐름에 따라 삭아 내리는 육체의 7대 건강진단법은

효율성이 높고 공감대를 넓힐 수 있을 터이다.

그렇다면 7대 기능을 더디게 잃어가는 비결이 있어야 할 터인데, 티베트 장의학에서는 음식과 마음 조절을 해결책으로 제시하고 있다. 음식은 약이요, 마음 조절은 건강을 지키는 파수꾼이라는 것이다. 마음속에 불이 있거나 얼음덩이가 박혀 있으면, 7대 기능뿐 아니라 온몸의 기능에 병을 불러들인다는 것이다.

음식은 가려 적당히 섭취해야 약이 되고 순한 음식일수록 순하게 육체에 스며들어 모든 기능을 순하게 작동시킨다는 것이다. 음식도 순하고 마음도 순해야 육체도 순해져 병앓이도 순하게 한다는 논리이다. 일체유심조는 장의학의 뿌리이자 꽃이었던 것이다.

장수와 관련하여 한마디 덧붙이자면, 예전 장수하는 노인들은 보약을 먹거나 특별한 운동을 하지 않았다. 매일매일 습관처럼 호미나 괭이를 들고 들에 나가 일을 했을 뿐이다. 틈이 나는 대로 잡초 뽑는 일을 하였고 허드렛일을 찾아 부지런히 몸을 움직였던 것이다. 그들 장수 노인들에 있어 부지런함은 보약이었고 운동이었으며 장수비결이 되었던 것이다. 장수 노인들은 한결같이 규칙적인 생활에 즐기는 음식을 소량으로 섭취하며 긍정적인 마음 자세로 이웃 돌봄과 나눔을 실천했던 것이다.

티베트의 장의학서에 화 푸는 방법을 가르치고 있다. 쉽다. 간단
하다.

서서 화가 풀리지 않으면 의자에 앉으라는 것이다. 의자에 앉
아서도 화가 풀리지 않으면 바닥에 앉으라는 것이다. 바닥에 앉아
서도 화가 풀리지 않으면 자리해 누우라는 것이다. 누워서도 화가
풀리지 않으면 잠들라는 것이다.

이 가르침은 육체적 화풀이만은 아닐 것이다. 화풀이의 높이
와 마음의 키를 낮추어 화를 다스리라는 교훈적 의미가 담겨 있다.
아내를 오누이로 바꿔 생각하면 짠한 마음도 없지 않을 터이고 남
편을 친정집 오빠로 생각하면 안쓰러움도 일어날 것이다.

화풀이는 짧지만 후회는 길게 남는 법이다. 화가 목에까지 차

오를 때 할렐루야를 일곱 번쯤 부르던지 관세음보살을 열 번쯤 맘속으로 천천히 불러들이면, 불길같이 타오르던 화도 한 박자 더디어지고 조금은 삭아 내릴 수도 있을 터이다.

싸움은 본시 사소한 티끌 같은 일에서 비롯된다. 내세울 것도 없는 어쭙잖은 자존심을 앞세우며 큰 다툼으로 번지는 것이다. 치약을 쥐어짜는 각기 다른 스타일에서 시비가 오갈 수 있고, 화장실에 걸려 있는 수건의 위치에 따라 큰소리가 터질 수도 있다.

같은 직장이나 학교에서도 명분도 없고 실질적인 이익이 없음에도, 남의 일에 참견하거나 간섭하며 바늘만 한 소문을 몽둥이로 키우게 되면 언젠가는 그 몽둥이로 맞는 법이다. 생활의 지혜는 빠름만은 능사가 아니다. 두어 박자 더딘 굼뜬 동작이 다툼 없는 평화를 유지하도록 돕는다.

가능하면 생활의 언어로 '미안합니다, 감사합니다, 고맙습니다'를 적절히 사용하면 다툼과 싸움도 멀어질 터이다.

중국 운남성의 더친에서 티베트의 엔징 가는 버스는 정해진 게 없었다. 일주일이나 열흘에 간혹 출발한다지만 정확히 말하자면 버스 한 차의 인원이 모여야 출발한다는 것이다. 대절인 셈이다. 더친의 여관에서 3일을 머물다 택시 대절로 마음을 굳히게 된다. 누구랑 함께해 택시비 부담을 덜고 싶었으나 쉽지 않았다.

결국 엔징 가길 희망하는 빈털터리 두 노인과 순례자 차림의 티베트 스님과 함께 엔징의 한 여관에 밤이 되어 이르게 된다. 우리 넷은 한방에서 자기로 하고 둘은 허술한 침대에 둘은 바닥에서 매트리스를 깔고 자기로 했다.

당시 나는 쿤밍의 사범대학에서 중국의 고어(古語)를 익히는 유학생 신분이었다. 셋은 방에 남아 있고 나 홀로 장거리 전화를 하기 위해 학교의 유학생 담당자와 통화한 후 숙소로 돌아왔다. 돌아오는 길목에서 티베트 스님을 만났는데, 두 노인이 오늘 밤 내가 잠들게 되면 죽일 것이라며 숙소를 옮기거나 두 노인을 숙소에서 쫓아내라는 것이었다.

티베트 스님은 막무가내로 동행을 거절하며 고샅길이나 담벽 밑에서 자겠다고 한다. 방안에 들어와 자는 척하며 두 노인의 동향을 살피고 있었다. 코 고는 연기로 잠이 깊은 척하자 두 노인은 은밀한 동작으로 침대 밑에서 숨겨둔 삽과 곡괭이를 꺼내드는 것이었다. 순간 나는 자리를 박차고 일어나 빠르고 강한 동작으로 두 노인의 삽과 곡괭이를 뺏으며 제압했다.

한순간만 늦었어도 두 노인에 의해 죽임을 당하거나 큰 상처로 불구자가 되었을지도 모를 일이다. 숙소 주인과 투숙객들이 몰려들어 해프닝으로 막을 내리게 된다. 다음 날 아침 티베트 스님을 만나 고맙다고 인사를 건넨 후 망캉 가는 버스에 오르고 있었다. 두 노인은 처량한 모습으로 또 다른 먹이를 찾는지 먼 거리에서 서성이고 있었다.

순간의 실수와
순간의 선택

중국 운남성의 어느 버스터미널에서 까오리공산을 찾아갈 때의 일이다. 까오리공산은 지명이고, 이곳은 티베트와 접경 지역에 위치하고 있다. 이곳에는 노강(怒江)이 흐르고 있다. 산세가 험해 차량은 깎아지른 절벽 사이로 곡예하듯 매우 조심해서 운전해야 한다.

버스터미널 건물의 숙소에서 다음 날 일찍 까오리공산으로 떠나는 버스표를 예매해두고 식당에서 국수를 먹고 있었다. 옆자리에 있던 건장한 체격의 청년 둘이 '까오리공산에 가느냐'며 말을 걸어왔다. 나는 웃으면서 예매해둔 버스표를 내보이며 '그렇다'고 대답했다. 그들은 까오리공산까지 맥주박스를 싣고 떠나는 트럭 운전자이자 조수였다. 그들이 호의를 보이면서 버스표를 물리고 함께 트럭을 타고 까오리공산으로 동행하자며 집요하게 나를 설득했다. 그러나 트럭보다는 정기노선 버스를 택하기로 결정했다.

　새벽에 버스에 오르며 살펴보니 그들의 맥주 실은 트럭은 이미 떠난 뒤였다. 버스가 곡예하듯 까마득한 절벽길을 덜컹거리며 오르고 있는데, 갑자기 버스가 멈춰섰다. 앞서 출발했던 맥주트럭이 까마득한 절벽에 부딪쳐 박살이 난 채, 절벽 아래에 쇠붙이가 되어 그 잔해가 널브러져 있었다.

　염소몰이로 생계를 이어가는 인근의 아이들이 깨지지 않은 맥주병을 줍기 위해 모여들고 있었다. 내가 만일 트럭 운전자와 조수의 호의를 받아들였다면, 트럭에 탔었다면 나는 이미 저승길의 넋이 되었을 것이다. 건장한 체격의 두 남자가 순간의 실수로 소중한 생명을 바람 속에 날려보낸 참혹한 현장, 나는 가슴을 쓸어내리며 짠한 아픔에 젖었다. 인연의 만남과 헤어짐이 삶과 죽음일 수도 있음을 절실히 실감하고 있었다.

　순간의 실수로 그들은 죽은 자가 되었고, 순간의 선택으로 나는 산 자가 되었기 때문이다.

사
모
님
과 아
줌
마

사모님과 아줌마가 있다. 결혼 이후의 여자를 부르는 호칭이다. 아줌마보다 사모님으로 불러주길 바라는 세태이다. 그러나 아줌마가 사모님이고 사모님이 아줌마일 터이다.

어느 고무신집에서 한 여자가 고무신을 고르며 주인집 아저씨에게 묻고 있었다. "이놈은 얼마이고 저놈은 얼마인가요?" 고무신집 주인은 대답했다. "이년은 얼마이고 저년은 얼마입니다." 물론 사실보다 상징성의 의미를 담고 있는 이야기이다.

중국에서는 비행기나 기차, 고급버스 요금이 외국인과 중국인을 구분해 조금씩 달리 받는 곳이 많았다. 홍콩이 중국으로 성큼 다가온 이유부터는 그런 차별이 줄어들어 다행이다. 호텔의 방값도 그 당시엔 차별화되고 있었고, 별 두 개급 이상의 호텔에서만 외국인의 숙박이 허용되던 때의 일이다.

나는 기차나 버스표를 예매할 때 그 창구에서 버티고 있는 여자에게 깍듯이 예우를 차리며 인사를 한다.

"참으로 아름다우십니다. 얼굴도 예쁘고 말씀도 아름다워 지켜보는 저는 행복합니다."

이쯤 되면 대개는 없던 표가 사뿐하게 내 손으로 오게 되어 있다. 없다던 좌석도 시야가 트인 앞좌석으로 준비되어 긴장했던 나를 웃게 만든다. '피아우량'이라는 중국말은 '아름답다'는 인사말이다. 여자의 마음을 녹이는 인사말이다.

한국에서 온 도반스님이 내게 말했다.

"스님은 여자의 마음을 녹이는 칭찬법을 제대로 사용해, 없는 표도 있게 하는 신통력이 있으십니다."

나는 대답했다.

"세상의 모든 여자들은 아줌마보다 사모님을 좋아합니다. 중국의 여자가 아름답다는 인사에 마음 열듯이."

오는 말이 고와야 가는 말도 고운 법이다. 부드러운 칭찬과 부드러운 눈인사로 마음을 덮어주며 열린 자세로 살 일이다. 다만 한국에서는 아무에게나 '아름다우십니다' 하고 인사 건네면, 자칫 잘못 받아들여 성희롱자로 몰릴 수 있음도 염려해야 될 터이다.

'루얼까이'는 칭하이의 유목민들이 많이 모여 사는 곳이다. 루얼까이의 한 식당에서 한 남자를 만나, 그를 따라 황량한 들판의 그의 가족이 머물고 있는 그들의 집 게르에 이르게 된다. 게르는 커다란 천막집을 의미한다.

그들 집에는 4형제와 아내가 살고 있는데, 아이들은 루얼까이에서 학교에 다니고 있다는 것이다. 놀라울 일은 한 아내가 4명의 형제를 남편으로 두고 부부 관계를 이어간다는 것이다. 사라진 전통이 그 게르 안에서는 실화로 남아 있었다.

그 남자는 4형제 중 셋째이다. 두 형과 동생은 드넓은 초원의 어딘가에서 말과 소, 양 몰이를 하며 이동 텐트에 머물고 있다고 한다. 그러다가 열흘에 한 차례씩 교대로 게르 안에서 아내와 잠자리를 한 후 다시 일터로 떠난다는 것이다. 지극히 동물적이고 지극히 야만적인, 전통 아닌 전통을 가난한 그들 네 형제와 아내는 이어가고 있었다.

그들은 자신의 소변을 손바닥에 받아 간단한 손 씻기와 세수는 거뜬히 해결하고 있었다. 나는 바보처럼 늙수그레한 여인에게 물었다. 이 생활이 행복하느냐고. 그녀는 미소로 대답을 대신하며 고개를 끄덕였다. 글쎄 외눈박이의 세계에서는 두눈박이가 외계인 취급을 당할 터이다.

가난한 시대에 입의 숫자를 줄이기 위해 같은 형제가 한 여자를 아내로 삼는다니, 지극히 슬프고 사라져야 할 악습이요 못된 행위이다. 가슴이 짠하고 슬픈 풍경화이다. 중동의 일부 지역에서는 한 남자가 여럿의 여자와 살고 있다지만….

네팔의 카트만두에서 잠시 머물 때의 일이다. 한국인이 경영하는 레스토랑 2층에는 방이 몇 개 있어 여행객 숙소로 사용되고 있었다. 첫째 한국인이라서 반갑고 된장찌개도 만날 수 있어 2층의 숙소에서 며칠째 머물고 있었던 것이다. 숙소 인근에 쿠마리 신전이 있었다. 쿠마리 신전의 앞 골목에는 인도인이 운영하는 인디아 갤러리가 작은 규모로 손님을 맞이하고 있었다.

언어가 통하지 않았지만 그 집 주인은 친절했다. 그림도 팔찌나 염주 등도 싸게 팔았다. 그런데 하루는 그 갤러리에 들러 자질구레한 장신구 등을 살피고 있을 때 외국인 여자 둘이 그 가게에 찾아들었다. 잠시 그들이 진열된 만다라 그림 등을 보고 있는데 독립적으로 전시된 작품 항아리가 땅바닥으로 떨어져 박살이 났다.

그 두 여자는 당황해하며 어쩔 줄 몰라 했다. 그러면서도 자신들과는 무관한 일이라며 밖으로 나가려 했다. 그러나 그 마음씨 좋아 보였던 콧수염 기른 갤러리 주인은 그녀들의 앞을 가로막고 깨진 항아리 값을 배상하라며 으름장을 놓고 있는 것이다.

그러나 나는 항아리가 깨진 이유를 지켜본 유일한 목격자이다. 두 여자가 항아리 곁을 지날 때 턱수염의 갤러리 주인이 종업원 아이에게 빠른 눈짓으로 지시하자, 아이가 역시 빠른 동작으로 항아리가 올려져 있는 의자 밑에 매단 줄을 당겼던 것. 그리고 아이는 빠르게 줄을 감췄던 것.

예나 지금이나 영어가 절벽인 나는 레스토랑의 한국인 주인에게 도움을 청했다. 결국에 경찰까지 오게 되어 해프닝으로 갤러리 주인의 음모와 수작은 끝이 났지만 경찰과 갤러리 주인은 한통속의 동업자 같았다. 두 여자는 한 푼의 깨진 항아리에 대한 변상 없이 떠나갔다. 레스토랑의 한국인 주인은 이런 일이 두 번 있으면 레스토랑 문을 닫아야 한다며 텃세 심한 카트만두의 사정을 나에게 누누이 설명했다.

그는 나에게 갤러리 주인의 패거리들이 보복할 수 있다며 카트만두를 서둘러 떠나라고 귀띔했다. 그 뒤 세월이 흘러 카트만두의 그 거리에 다시 왔으나 그 인디아 갤러리는 다른 간판으로 바뀌어져 있었다. 또 다시 범죄를 저지르다 호되게 누군가에게 당했을지도 모르는 일이다.

흰
가
루
의
비
밀

인도의 코바람 비치에서 머물 때 생긴 일이다. 코바람 비치 해변 풍광이 아름다워 해외여행자들이 많이 몰려드는 곳이다. 2층의 숙소에서 내려다보면 젊은 남녀들이 어울려 배구나 족구를 즐기는 게 환히 보인다. 하여, 나는 해변의 야자수 그늘에 앉아 배구나 족구놀이의 싱싱함을 즐겨 보고 있었다.

그러던 어느 날 젊은 사내 한 명이 내 곁으로 따라붙으며 손짓, 발짓, 표정으로 호의를 베푸는 것이었다. 망고와 바나나를 광주리에 이고 다니는 아줌마를 손짓해 과일도 사주고, 내가 좋아하는 사탕수수 토막도 여러 개 사주며 엄지척의 손짓도 서슴지 않는 사내였다. 무슨 음식이든 게걸스럽게 먹어치우는 그 사내는 능글능글한 눈빛도 달고 살았다.

혹시 게이인가 싶어 거리를 두려 해도 밀착하는 그의 행동은 집요했다. 그러던 어느 날 그는 은밀하게 종이에 담긴 흰 가루를 보여주며 좋아서 죽어가는 표정까지 연출한다. 일급 제품이므로 천 달러를 달라는 것이었다. 뜬금없는 수작에 자리를 박차고 일어났지만 천 달러의 흰 가루 가격이 백 달러, 오십 달러까지 내려간다. 집요하게 따라붙으며 흥정의 거래를 제안하는 것이었다.

그때이다. 사복 경찰관이 그의 손에 든 흰 가루를 뺏어갔고 흰 가루의 맛을 보더니만 인정사정도 없이 들고 다니는 몽둥이로 세차게 그 사내를 내려치는 것이었다. 나중에 알게 된 일이지만 그 사내의 흰 가루는 마약이 아닌 밀가루였고, 어설픈 수작으로 어설퍼 보이는 사람에게 접근해 떼돈을 벌려 했던 것이다.

코바람 비치 주변의 밭에는 대마초가 풍성하게 자라고 있고, 대마잎 담배도 허용되는 특수지역이었던 것이다.

위
기
의
순
례
길

인도의 델리에서 아그라 가는 그 중간 지점의 어느 사탕수수밭에 지쳐 누워 있었다. 인도 생활에서 가장 힘든 일은 언어소통의 장벽이었고 음식의 카레 냄새에 거식증이 온 지 오래이다.

인도는 영국의 식민지로 오랜 세월을 겪다 보니 영어가 생활의 언어가 되어 길거리에서 만난 사람들도 영어로 내게 말을 걸었다. 그러나 영어라면 말문이 막히는 부끄러운 전통은 예나 지금이나 내 곁에 머물고 있다.

인도 카레는 향이 진하고 독특해 멀미할 만큼 싫다. 가게에서 사 마시는 물도 냉장고가 아닌 곳에서 기어나와 마시면 대개는 배탈이 나고 심하면 피똥도 싸게 된다. 한 달도 넘게 설사를 그림자처럼 달고 다니면서 홀로 걷는 순례자의 길은 팍팍하고 고단하다.

사탕수수나 과일로 연명하고 있지만, 사탕수수는 씹고 나면 입안에 숱한 생채기를 남긴다.

노잣돈도 달랑거려 길거리에 널려 있는 사탕수수밭으로 기어들어 주인의 허락도 없이 사탕수수를 씹는다. 사탕수수의 그늘에 누워 잠시 잠드는 것도 즐기는 것이다. 그런데 잠결에 서늘한 느낌이 있어 눈을 떠보니 커다란 코브라 한 마리가 고개를 쳐든 채 나를 먹이로 삼을 자세로 내 곁에 있었던 것이다. 혼비백산해 씹다가 둔 사탕수수 대궁으로 빠르게 코브라를 물리쳤지만 그런 위기의 순간은 순례길 이곳저곳에 널려 있었다.

인도에는 빈대가 많다. 빈대에 물린 곳은 환장하게 가렵고 염병나게 오래가며 딱지로 남는다. 말라리아의 병을 앓게 되면 몰려드는 추위와 뼛속이 무너지는 고통을 겪게 된다.

인도의 순례길은 눈물이었고, 아픔이 길게 이어지는 간절심의 바다였다.

인도에는 티베트 난민들이 모여 사는 곳이 여럿 있다. 달라이 라마
가 머무는 다람살라가 으뜸이고 다르질링이나 마날리, 그리고 라
다크의 레에는 온통 티베트 사람들이 모여 산다. 올드델리에서 장
거리 버스를 타고 1박 2일 만에 히말라야 산맥의 '신들의 계곡'으
로 알려진 마날리에 도착한다.

　신들의 계곡은 매우 평화롭고 아름다운 티베트 난민들의 천
국이다. 날씨도 제법 따뜻하고 만두와 국수, 곶감도 있어 한 달 가
량 머물고 있었다. 축구장만큼이나 넓은 계곡에서는 매일 새벽 소
를 잡는 도살장이 특수시설물이나 가림막도 없이 누구나 볼 수 있
게 치러지고 있었다.

　그곳에서 죽을 차례를 기다리는, 저항도 없는 처연한 눈동자

의 소들을 우연히 보게 되었다. 백정의 망치질 한 번에 맑디 맑은 눈빛의 소들은 한 마리씩 쓰러져갔다. 그 냇가에는 핏물이 홍건히 흘러내리고 까마귀떼들이 모여들어 핏덩이를 먹이로 삼았다. 신들의 계곡은 지옥의 아수라장이 되어가고 있었다.

인도인들이 신앙을 앞세우며 소고기를 먹지 않은 것으로 알고 있었는데, 신들의 계곡인 마날리에서는 날마다 새벽마다 무수한 소들의 죽음이 처참하게 이어지고 있었다. 소들에게 있어 백정의 망치질은 이승과 저승을 가르는 무서운 망나니의 칼춤의 현장이 되고 있었다.

그 죽음의 현장을 가슴 아파하며, 곽곽하고 고단했던 순례자에게 찾아왔던 위기의 순간들을 떠올린다. 싸한 아픔에 긴 어둠이 느껴진다. 인도의 순례길은 항시 진행형이라서 타는 목마름만 더해가고 있었다. 빛으로 충만할 날이 언제 올런지, 지친 넋 다독이며 오늘도 깨달음을 향한 간절심 하나 챙기며 빛을 향해 걸어간다.

뚱보 미인과의 짧은 만남

인도의 오뉴월은 하늘의 태양이 땅바닥으로 내려와 대지를 불태운다. 아스팔트길이 지글지글 끓으며 나무들이 가뭄에 반쯤 죽어가는 계절이다.

하여, 나는 북인도의 무수리에서 여름안거를 즐기게 되는 것이다. 북인도의 계곡에는 아쉬람도 여러 곳 자리하고 있는데, 별의별 수행자가 독특하게 그들만의 수행법으로 진리와 한 몸을 이루기 위해 노력하고 있다. 발가벗은 알몸에 잿가루를 바르고 한 발로 서서 균형을 유지하며 수행하는 사람도 있고, 사타구니만 마스크만 한 헝겊으로 가린 채 종일 계곡의 자갈길을 오가며 수행하는 사람도 있다.

수행자들이 머무는 곳에 울타리는 없고 돌멩이 몇 개로 영역을 표시해 두면 그만이다. 어떤 수행자는 알몸 그대로 아가씨와 손을 잡고 모래 길을 천천히 걸어가기도 한다. 잡고 있는 손을 통해 충만한 에너지를 전달해준다는 것이 그들만의 설명이다. 한국에서 온 수행자는 오로지 간절심 하나로 외진 길을 걸으며, 있는 듯 없는 듯 평상심으로 일상인의 여유를 즐기고 있다.

벨기에서 왔다는 체형이 옆으로 퍼진 여행자는 나와 동행자가 되어 추억을 남기자며 손짓 발짓 미소를 동원해 접근해온다. 그녀는 완벽하게 살이 찐 체형이지만 얼굴은 예쁜 미인이었다. 인도에 머물 때 내 모습은 지금과 다르게 완전히 날씬이었다.

뚱보 미인과의 짧은 만남을 뒤로하고 순례자의 길, 팍팍하고 고단한 외진 길을 걸으며 나는 서서히 철이 드는 것이다. 빛이 되어가는 것이다. 절반은 눈물 절반은 웃음의 경험도 길들이면서….

바람을 닮은 적멸의 자유인

그들 부부를 처음으로 만난 곳은 남인도의 안주나 비치 언덕이었다. 바다 방향으로 놓인 긴 벤치에서, 그들 부부는 어깨동무하듯 서로 기대어 해질녘 석양을 말없이 지켜보고 있었다.

그때 세찬 바람이 한차례 불면서 여인의 밀짚모자가 가볍게 날아갔다. 남자가 일어나 모자를 주우러 갈 때 머리털 한 올 없는 여인은 담담히, 그러나 옅은 미소로 남자에게 무슨 말인가를 하고 있었다.

그 당시 나는 넝마 차림으로 인도를 떠돌다 안주나 비치의 게스트하우스에서 한 달가량 머물고 있었다. 해변 언덕의 야자수 그늘에 앉아 좌선에 몰입하다, 다리운동을 위해 가볍게 거닐고 있을 때 그들 부부의 정겨운 모습을 지켜보게 된 것이다.

대화 한마디 나눈 적은 없지만, 말기암 치료 중인 여인이 남편과 함께 이 세상에서 마지막이 될 여행을 인도의 해변에서 보내고 있으려니 하고 생각했을 뿐이다. 죽음을 앞둔 그들의 다가올 이별도 서럽고 안타까운 일이었으나, 내 처지는 그들에게 동정을 보낼 만큼 여유롭지 못할 때이다. 말라리아에 쓰러져 죽음의 터널에서 겨우 벗어난 직후였고, 환장하고 미칠 만큼 한국의 모든 것이 그리운 향수병에 거식증세까지 달고 다닐 때였기 때문이다. 그들을 다시 만난 곳은 바라나시였다. 천민의 살이 기름불에 타는 강변의 화장터에서다.

그들 부부는 인도 고유의상을 입고 있었고 여인은 더욱 깡말라 수척해진 모습이었다. 남자가 먼저 나를 알아보고 반가운 표정으로 "나마스떼" 하고 제법 큰소리로 인사했다. 안주나 비치 언덕에서 나는 반가부좌한 자세로 앉아 있는 동양 히피족 수행자로 알려져 있었기 때문이다. 안주나 비치에서의 며칠 만남에는 눈인사 정도를 나눈 침묵의 인연인데, 그들 부부는 나를 기억하고 있었던 것이다. 당시 머물고 있던 게스트하우스에는 어느 방에나 빈대 떼가 득실거려, 언덕의 야자수 그늘을 움직이는 수행처로 삼고 있었다.

그들 부부는 손짓과 눈빛으로 나를 이끌어 외국인이 즐겨 찾는 강변의 레스토랑으로 안내했다. 말 없는 대화도 가능했던 것이다. 그 식당에는 나의 단골 메뉴인 코리안 누들(신라면)은 아예 그림자도 찾을 수 없어 팬케이크를 손짓으로 주문했다. 그들이 따라주는 맥주도 반 컵쯤 마셨다.

미소로 모든 언어를 대신하고 눈인사로 작별을 나눌 무렵, 다른 테이블에 앉아 있던 한국인 부부가 관세음보살이 되어 나타났다. 여법히 차려입은 승복 차림이 아닌 넝마에 가까웠으나, 삭발한 머리에 짙은 눈썹으로 보아 향봉 스님일 수 있겠다며 그들 중 한 사람이 내게 한국말로 확인한 후 합석하게 된 것이다. 그들 한국인 부부는 교사였고 겨울 방학기간 동안 인도에서 자유여행 중이었다.

고등학교에서 영어 교사로 있다는 한 거사는 어찌나 대화를 잘 풀어가는지, 외국인 부부에 대한 나의 궁금증이 일시에 풀리고 있었다. 그들은 예상대로 영국인이었다. 아내가 위암 말기로 희망이 없자, 직장에 장기 휴가를 낸 후 아내가 원하는 인도 여행을 하며 영혼의 안식처를 찾고 있었다. 안주나 비치의 언덕에서 바위처럼 앉아 있던 동양 히피가 승려라는 사실에 그들은 '역시나' 하는 표정이었다. 묵언 수행자로 짐작하고 있었다는 것이다.

그 뒤 얼마만큼의 세월이 지난 후 나는 티베트인이 모여 사는 라다크 지방의 '레'라는 도시에서, 정확히 말하면 헤미곰파의 천장터에서 영국인 부부 중 남자를 만나게 된다. 헤미곰파는 티베트 사찰인데, 그 사찰의 천장터에서 자루에 든 시체에 작두칼질을 해 독수리 먹이로 뿌려주는 일을 영국인 남자가 자청해서 하고 있었다.

아내는 인도의 다람살라에서 죽었고, 세상을 떠나기 전에 달라이 라마를 만나 불교에 귀의했다고 한다. 이후 남편은 영국행을 접고 티베트불교의 승려가 되었던 것이다. 아내에 대한 그리움을 가슴속 깊이 피멍울로 간직한 채, 바람을 닮은 자유인이 되고 싶어 수행자의 길에 접어든 영국인은 나에게 '나마스떼'라는 말 대신 합장으로 인사했다.

티베트에서는 사람이 죽으면 자루에 넣어 사찰 부근의 천장터로 오게 된다. 그 자루에 든 시체를 영국인 수행자는 작두칼로 내리쳐 독수리 밥으로 뿌려주고 있는 것이다. 그는 이미 달관한 초인의 모습이었다. 생멸의 고통에서 벗어나 적멸의 자유인으로 향해 가는 수행자가 되어 있었다. 그가 작두칼로 내려치는 것은 관습과 허울을 벗어버린 진공(眞空)의 묘유(妙有)를 찾는 작업일 터.

머리털 한 올 없던 그의 아내가 더러는 목울음덩이가 되어 그의 시야를 흐리게 할지도 모를 일이다. 마날리에서 만나 함께 간 한국인 거사가 띄엄띄엄 통역을 해줘, 영국인 수행자의 사연을 대강이라도 알게 된 것이다.

책상의 서랍을 열면 언제나 만날 수 있도록, 사인펜으로 제법 굵게
글씨를 써놓았다. 이 글씨는 바로 '이별을 준비하는 마음으로'이
다. 서랍을 열 때마다 이 글씨가 큼지막하게 눈에 띈다.

사람은 누구나 늙고 병이 들어 죽게 된다. 죽음은 인생의 마침
표이다. 삶의 마감인 것이다. 수행자일수록 편안한 죽음을 맞이해
야 한다. 그러나 죽음이 어느 방향에서 날아들지 아무도 예측할 수
없는 일이다.

임종하는 스님들을 여러 차례 지켜봤는데, 대개는 의식이 없
는 상태에서 인공호흡기를 떼면 숨을 거두는 것이었다. '잘 있으
라'나 '안녕'이라는 인사나 고개의 끄덕임 없이 그저 그렇게 떠나
가는 것이다. 그 모습을 지켜보며 마지막 미소라도 남길 수 있게

조금은 여유로운 죽음을 맞고 싶은 것이다.

　한때는 한국에서 죽지 않고, 사찰에서 죽지 않고, 사람들이 지켜보는 데서 죽지 않기로 마음을 다진 때가 있었다. 지금도 그 다짐이 변한 것은 아니지만, 어느 날 어느 순간에 죽음이 날아올런지 장담할 수 없는 일이다. 죽음은 앞당겨 선택할 수 없는 일이지만, 나의 죽음의 장소는 부처님의 나라 인도의 어느메쯤에서 마감하고 싶었던 것이다.

　인도에서 3년 동안 머물 때 숱한 죽음을 봐왔다. 신분을 알 수 없는 행려자의 죽음은 간단한 절차를 거쳐 독수리 먹이로 뿌려주거나 아무 곳에서 불에 태워 강물에 던지는 광경도 지켜봤다. 인도 땅에서 여권만 던져버리면 나 또한 행려자의 죽음으로 처리될 터였다.

　수행자가 떠난 뒤 장례절차가 세속적으로 흐름은 부끄러운 짓이다. '죽음을 준비하는 마음으로'는 개운한 마침표를 위한 나만의 약속이다.

4
장

무아를 사무치게 깨닫는다면

변두리와 모서리를

키우지 않는다

우
리
네
인
생

사람은 누구나 행복하기 위해 살아간다. 행복은 느끼는 것이요 누리는 것이다. 그러므로 사람에 따라 눈높이에 따라 행복의 현주소가 바뀔 수 있다. 같은 환경, 같은 처지임에도 사람에 따라 행복과 불행을 느끼는 마음의 온도는 다른 것이다. 세상의 절반은 빛이요 절반은 어둠이다. 절반은 행복하고 절반은 불행한 삶을 살아가는 것이 우리네 인생이다.

희로애락은 고정된 모양의 틀이 있는 게 아니다. 주변 환경에 따라 변화하는 안개와 같고 물의 흐름과 같다. 영원히 행복한 사람을 만날 수 없듯, 영원히 불행한 사람도 찾을 수 없는 것이다. 세상이 낮과 밤으로 이루어져 있듯, 빛이 있는 곳에 어둠이 깃들어 있고 어둠이 있는 곳에 빛이 있기 때문이다.

우리가 종교 신앙 쪽으로 기우는 것도 괴로움을 여의고 즐거움을 찾기 위함이다. 불행을 멀리하고 행복을 가까이하기 위해서다. 영원한 행복, 영원한 자유는 누구나 누리고자 하는 꿈의 유토피아이다. 그러나 현실은 팍팍하고 고단하다. 허무하고 무상하다.

질긴 삶도 지나고 보면 풀 끝에 맺힌 이슬이요, 허무의 그림자로 막을 내리는 몇 마당짜리 연극 같다. 어지간히 다투며 싸우며 몸부림치며 챙기고 살아온 재산과 명예가 해질녘 되돌아보면, 마른 모래를 쥐고 있는 듯 빈주먹의 싸한 아픔뿐이다.

삭신이 세월의 무게에 녹이 슬고 기능의 동작이 더디 가며 검불때기 같은 가벼움의 눈물뿐이다. 숱한 만남과 헤어짐의 갈랫길에서, 거둬들인 알곡은 없고 허무의 그림자만 길게 누워 있게 된다. 인생이란 허무 그 자체이다. 눈물방울이다.

아무리 타작해도 남는 것은 빈손, 빈손뿐이다. 빈손을 교훈 삼아 나누고 살 일이다.

사람이 사는 이유

사람이 사는 이유는 행복을 위해서다. 수행자가 수행하는 것은 자유를 위해서다. 행복과 자유는 하늘에서 떨어지는 게 아니라 마음의 열림에서 비롯된다. 그러나 사람이 행복하지 못한 이유는 집착의 병을 앓고 있기 때문이다. 자유를 누리지 못함도 얽매임의 틀에 갇혀 있기 때문이다.

집착은 키울수록 병이 되고 마음은 비울수록 개운하다. 행복하기 위해서는 비우고 버릴 줄 알아야 한다. 더러는 가슴 싸한 아픔도 콧등 찡한 감동도 감싸안으며, 긍정적으로 열린 눈으로 사랑하고 용서하며 살 일이다.

때로는 설렘으로 마음의 문도 반쯤 열어두고, 오고 감이 자유롭게 편안하게 살 일이다. 나는 그 누구의 것이 될 수 없으면서 그 누구는 나의 것이 되길 바라거나, 아홉이면서 열을 채우려고 바둥 대지 말 일이다. 모든 것은 흘러가게 되어 있다. 집착의 병을 벗고 보면, 이르는 곳마다 좋은 곳이요 날마다 좋은 날이 될 터이다. 행복과 자유는 벗어버리고 놓아버리는 마음에서 비롯된다.

'텅 빈 충만'에 이른 자를 선지식이라 한다. 선지식이란 누구에게나 좋은 스승이 될 수 있고 아무에게나 착한 벗이 될 수 있는 사람이다. 누구나 행복인, 자유인, 선지식이 될 수 있다. 벗어버리자, 집착의 병을. 놓아버리자, '내 것'이라는 소유욕을. 이르는 곳마다 행복하게 자유인이 되어 살아볼 일이다.

세상은 마음 열린 자, 그들만의 세상이기 때문이다.

삶의 가벼움과 무거움

가끔씩 법회나 초청강의 시간에 즐겨 쓰는 몇 가지를 옮겨보겠다.

'신체 중 제일 높은 곳'을 묻게 된다. 대개는 머리라고 대답한다. 서 있을 때 앉아 있을 때는 맞는 대답이다. 그러나 누워 있을 때 잠들어 있을 때도 사람이다. 그럴 경우 배불뚝이는 배꼽이 될 수도 있을 터이다.

'어디에서 어디까지가 동쪽이고 어디에서 어디까지가 서쪽이냐'고 묻는다. 누구나 망설이는데 이에 대한 정답은 누구나 나를 기준으로 나를 중심으로 동서남북은 갈라진다. 하여 나는 동서남북의 중심, 세상의 중앙에 서 있는 셈이다.

또 즐겨 묻는 게 있다. '사람이 사는 이유'는 무엇인가. 추구하는 삶의 목표가 달라 대답이 다양하다. 이것 또한 넓은 의미로 행복추구가 으뜸이 될 터이다.

　목사가 되고 신부가 되고 스님의 길을 택함도, 엄밀히 짚어보면 그들만의 행복추구에 자유의지가 작동하고 있음을 찾아낼 수 있을 터이다. 결혼과 이혼 또한 자신만의 행복 지킴이를 위한 선택이다. 남편을 위해 아내를 위해 결혼한 사람은 드물 터이다. 이 또한 명분놀이일 뿐, 자신의 행복바라기에 충족되는 조건을 찾아 짝 짓기 상대를 골랐을 것이다. 이혼 또한 마찬가지 이유에서 입었던 옷을 벗게 되는 것이다. 잘못된 선택임을 100가지 이유에서 찾아내 자신만의 행복과 자유 누림을 위해 남편과 아내, 사랑하는 아이와도 가슴 쓰린 갈라서기를 선택하게 되는 것이다.

　신체 높이에도 정답이 없고, 동서남북의 기준이 애매하고, 삶의 무게와 색깔이 각기 다르듯 자신의 삶은 온전히 자기 몫이다. 자신의 어깨에 짊어진 삶의 무게는 남 탓이 아닌 나만의 행위에 의해 가벼워질 수도 무게를 더할 수도 있는 것이다.

　내 삶의 무거운 지느러미와 가벼운 날개도, 남의 탓이 아닌 내 탓일 터이다.

이
또
한
지
나
가
리
라

싸우면 이기는 다윗 왕이 언젠가의 패배할 때를 생각해 마음의 좌우명이 필요했다. 금세공을 불러 아름다운 반지를 만들고, 그 반지에 생명의 말씀을 새겨 넣으라고 명령했다. 금세공이 반지를 만들었으나 그 반지에 새길 좌우명이 될 생명의 말씀을 궁리해낼 수 없었다. 그래서 금세공이 솔로몬 왕자를 찾아가 좋은 말씀을 부탁하자, '이 또한 지나가리라'를 적어주는 것이었다. 반지에 새긴 '이 또한 지나가리라'는 문구를 다윗 왕도 받아들이며 기뻐해 평생을 그 반지를 끼게 되었다.

이 이야기는 성경에서 옮겨온 것이다. 그렇다. 세상을 엮어가다 보면 승리도 있고 패배도 있기 마련이다. 그럴 때마다 우리는 다윗 왕이 되어 '이 또한 지나가리라'를 마음에 되새기며 우월함과 열등함을 덜어내야 한다. 자만은 실패를 불러들이고 상대에 대한 멸시와 무시는 수많은 적을 만들어 어둠으로 몰려오기 때문이다.

양녕대군이 효령과 충령 사이에서, 술주정뱅이 행세로 주유천하하며 천수를 누릴 때도 '이 또한 지나가리라'가 약이 되었을 터이다. 흥선대원군도 술주정꾼이나 투전꾼 행세로 상갓집 개 취급을 받았으나, 마음속으로는 '이 또한 지나가리라'를 뼛속까지 새기며 훗날 한 나라의 전권을 손아귀에 넣는 꿈을 키웠으리라.

'이 또한 지나가리라'는 누구에게나 약이 되고 힘이 되는 참 좋은 말씀이다. 좌절과 실망과 어둠 속에서 헤맬 때 '이 또한 지나가리라'를 주술 삼아 마음에 새길 일이다.

도
인
의
삶

일본에 일휴 선사라는 임제종의 고승이 있었다. 무애행(無碍行)의 일화를 많이 남긴 스님이다.

어느 추운 겨울날, 일휴 선사는 어린 스님과 함께 저잣거리를 걷고 있었다. 생선 굽는 냄새와 술 냄새가 그들의 코에 스며들었다. 일휴 선사는 입맛까지 다시며 중얼거렸다.

"햐, 생선 굽는 냄새하며 술 거르는 냄새가 마냥 좋구나."

어린 스님은 실망스런 눈빛을 숨기며 속으로 중얼거렸다.

'안됐다, 저런 위인이 어찌 불법(佛法)인들 알고 있겠는가. 속물이나 다름없는데…' 한참을 걸어 절 입구에 다다르자 어린 스님이 기어이 입을 연다.

"큰스님께서는 일체를 초월해 진리와 한몸을 이루신 줄 알았

는데 저잣거리의 생선 굽는 냄새, 술 거르는 냄새에도 집착하시다
니 실망이 큽니다."

그러자 일휴 선사는 껄껄 웃으며 말하였다.

"너는 그 냄새를 무겁게 여기까지 들고 왔느냐? 나는 이미 저
잣거리에 버리고 왔는데…."

이것이 도인의 삶이자 선지식의 정신세계인 것이다. 한 생각
이 일어나되 그 생각에 머물지 않는, 머묾 없는 머묾이다. 이것이
바로 평화와 행복과 자유를 누리는, 깨달은 자의 삶이다.

그러한 삶은 혼자 있어도 부족하지 않고 열이 있어도 넘치지
않는다. 비어 있으나 가득하고 가득하나 비어 있기 때문이다. 명예
나 재색(財色)으로 윤회하지 않고 있으면 있는 대로 행복하고 없으
면 없는 대로 자유롭다. 오면 오는 것이요 가면 가는 것일 뿐, 있고
없음에 꾸미거나 드러내거나 감추지 않는다.

비우고 버리며 나누기를 생활화할 뿐 변두리와 모서리를 키
우지 않는다. 발길 닿는 곳이 정토(淨土)요 만나는 사람이 부처이
다. 더러는 흔들리고 헐떡이나 머묾이 없어 자취가 없다. 목마르면
물 마시고 졸리우면 잠자는, 평범한 보통사람으로 열린 세계를 살
고 있기 때문이다.

나가르주나(용수)는 그의 저서인 『중론』의 귀경게(歸敬偈)에서
그 유명한 팔불게(八不偈)를 남기고 있다. 해탈자의 삶을 노래하는
것이다.

나지도 않고 멸하지도 않으며(不生亦不滅)

항상 하지도 않고 끊어지지도 않으며(不常亦不斷)

같지도 않고 다르지도 않으며(不一亦不異)

오지도 않고 가지도 않는다(不來亦不去)

그러나 여기에서 천지개벽하듯 한 바퀴 돌아오면, 꽃은 꽃이고 산은 산이며 물은 물인 것이다. 오면 반갑고 가면 서운하며, 여름에는 삼베옷이 좋고 겨울에는 솜바지가 좋은 것이다. 미안해하고 고마워하며 감사할 줄 아는 일상의 평범한 보통사람이 참사람이기 때문이다.

깨달은 사람에 대하여

속이지도 않고 속지도 않는다. 드러내지도 않고 숨기지도 않는다. 비어 있으나 가득하고, 가득하나 비어 있다. 지음[作]이 없으나 작용(作用)이 있고, 작용이 있으나 머묾이 없다. 보고 듣고 오고 가는 것이 오고 가고 보고 듣는 것일 뿐 더함도 덜함도 없다. 하나를 보여도 열을 보이는 것이요, 열을 보여도 하나를 감추지 않는다. 빛과 어둠이 둘이 아닌 하나이나 그 하나에도 머물지 않는다. 진리는 멀리 있는 게 아니라 가까이 있다. 숨어 있는 게 아니라 드러나 있다. 물처럼 공기처럼 내 곁에 있다.

그러나 세상 사람들은 행복을 위하여 자유를 위하여 분주하게 헤맬 뿐 마음을 크게 열지 않는다. 날마다 좋은 날이 되길, 진정한 자유인이 되길 바라면서도 집착이라는 병에 갇혀 그 습관의 고리를 끊지 못한다.

날마다 좋은 날의 진정한 자유인은 졸리면 잠 자고 목마르면 물 마시는 자연 그대로의 사람다운 사람이다. 부처는 신이 아닌 참 사람이기 때문이다. 누구나 열린 마음이면 이르는 곳마다 정토(淨土)이다.

이 글은 몇 년 전에 펴낸 『선문답』의 여는 글이다. 깨달은 사람의 삶을 궁금해 하는 이들이 많아 답변으로 옮겨왔다.

불교는 깨달음의 종교이다. 부처는 깨달은 사람으로서, 참사람의 완성을 의미한다. 하여, 진리와 한몸을 이룬 깨달은 사람은 생각의 윤회에서 자유로운 사람이다. 오고 가고, 있고 없고, 높고 낮음 등에 차별을 두거나 끄달리지 않는다. 있으면 있는 대로 행복하고 없으면 없는 대로 자유롭다. 꾸밈이 없고 조작하지 않으며 순수와 진솔함으로 자연스런 삶의 주인공이 된다.

지나간 어제에 집착하거나 미련 두지 않고, 다가올 내일을 기대하거나 쌓아둠으로 맞지 않는다. 어제도 내일도 없는 오로지 오늘의 주인공으로 넘치거나 부족함 없이 평화와 행복, 자유인으로 얽매임 없이 살아간다.

모으거나 쌓아둠 없이 비우고 버리며 나누는 기쁨으로 발길 닿는 곳이 정토이다. 변두리도 없다. 모서리도 없다. 임제 선사의 '수처작주(隨處作主)'처럼 내가 서 있는 곳이 세상의 중심이요 만나는 사람이 모두 부처이기 때문이다.

수행자는 게으름 없이 정진해야 올바른 수행자이다. 마음챙김과
행위의 멈춤을 생활화해야 하는 것이다.

　수행자들도 사람이다. 사람은 흔들리게 되어 있다. 마음을 한
곳에 모으려 해도 번뇌망상으로 흩어지게 되어 있다. 그럴 때일수
록 마음챙김이 중요하다. 마음이 흩어지고 흔들리면 몸도 따라 흩
어지며 흔들린다. 물론 몸과 마음이 둘이 아닌 하나이지만 삼매(三
昧)에 들면 몸의 기능이 멈춰 있음을 알게 된다.

　소변의 경우 서너 시간쯤 지나면 화장실에 다녀오는 수행자
가 있다고 하자. 그 수행자가 정신이 간절심으로 모아져 일념에 이
르게 되면, 일고여덟 시간이 지나도 소변 마려운 낌새를 느끼지 못
한다. 목마름도 배고픔도 잊게 되는 것이다. 시간의 흐름에서 자유

로운 것이다. 신체적 흐름이 물리적 현상이 삼매에든 수행자를 흔들지 못한다.

수행자는 맑고 밝은 열린 세계에서 간절심 하나로 육체를 길들이게 되는 것이다. 시간과 공간을 벗어난 일체의 얽매임에서 진정한 의미의 자유인이 되는 것이다. 수행다운 수행을 해온 사람은 삼매가 무엇인지 삼매의 세계를 즐길 터이다.

삼매에 이르는 길은 마음챙김과 행위 멈춤의 간절심에 달려 있다. 일주일을 잠들지 않아도 피곤하거나 나른하거나 육체가 흔들리지 않는다. 정신세계는 더욱 빛으로 충만해 가뿐한 잔잔한 기쁨을 누리는 것이다. 삼매에 들어 밤낮의 며칠을 환히 밝히지 않고서는, 빛이 무엇인지 알지 못한다. 진리가 입으로만 몰리는 가짜 수행자들은 삼매의 세계를 까마득히 잊고 있을 터이다. 마치 전설의 세계처럼 느낄 터이다.

늙기 전에 더 늙기 전에 챙김과 멈춤을 생활화하며 오로지 간절심을 모아 정진하고 또 정진할 일이다.

영혼은 없다

한 거사와 나눈 대화이다. 거사가 물었다.

"불교의 근본사상이 무아인데, 그럼 영혼의 존재를 불교에서는 인정할 수 없는 것입니까?"

다음은 나의 답변이다.

저의 대답 대신 경전에 담겨 있는 부처님의 가르침을 설명하고자 합니다. 우주만물을 창조한 브라흐만(Brahman)의 존재를 불교에서는 인정할 수 없듯이, 육체의 주인이라는 영혼의 존재인 아트만(ātman)도 인정하지 않습니다. 왜냐하면 보이는 것이든 보이지 않는 것이든 모든 것은 인연에 의해 모이고 머물며 흩어지는 존재이기 때문입니다.

이것을 불교에서는 연기법칙(緣起法則)이라 합니다. 정신작용도 복합적이고 종합적인 상호 연관관계의 존재론적 반응일 뿐. 하나하나의 기능이 소멸되거나 기능이 멈추게 되면 정신작용도 정지됨을 무아라고 합니다. 아트만을 인정하면 브라흐만도 인정해야 될 것입니다. 불교에서는 '이것이 있으므로 저것이 있고 저것이 사라지면 이것도 사라진다'고 연기법칙을 설하고 있습니다. 하여, 세상에는 물질이든 비물질이든 변하지 않는 게 없는데 무엇이 변하지 않고 존재해 윤회를 거듭할 수 있겠습니까.

어떤 수행자는 『기신론』의 진여(眞如)에 집착해 희망의 불씨를 살리려는 어설픈 몸짓도 보게 되는데, 불교의 근본 가르침은 무아임을 사무치게 깨달을 일입니다. 불교는 전생과 내생을 위한 종교가 아닙니다. 바로 현생, 오늘의 종교입니다. 부처의 가르침은 오늘의 정토에서 오늘의 주인공이 되어 행복과 평화 자유를 누리는 가르침을 펴고 있는 것입니다. 불교는 형이상학 쪽보다 형이하학 쪽에 방점을 두는 오늘의 종교임을 잊지 말 일입니다.

끝으로 『중론(中論)』에 있는 게송을 옮깁니다.

과거에 내가 있었다는 것은(過去世有我)
이런 일은 있을 수 없는 일(是事不可得).
전생에 있었던 내가(過去世中我)
금생에 내가 될 수 없도다(不作今世我).

무아를 사무치게 깨닫는다면

지리산의 내원사에서 도반 모임이 있었다. 이날 도반스님들과 나눈 대화이다. 다음은 한 도반스님의 무아에 대한 물음에 내가 답한 내용이다.

불교의 근본사상이 중도사상과 연기법칙인데 일생을 오롯이 참선 수행해온 어느 원로 스님은 연기법칙과 무아를 둘로 보며 무아는 인정하면서도 진여는 영원불멸한다고 주장했습니다. 이는 지극히 우려할 만한 견해로서 연기법칙과 무아사상은 결코 둘이 될 수 없는 하나입니다. 또한 그 어떤 존재도 영원한 것은 없으며 '생주이멸(生住離滅)'과 '성주괴공(成住壞空)'에서 자유로울 수 없습니다. 무아는 인정하면서 진여에 집착하는 모습은, 아트만은 인정하면서 브라흐만은 부정하는 경우와 다를 바 없습니다.

결론적으로 말하면 영원히 변치 않는 그 무엇도 있을 수 없으며 무아는 연기법칙과 둘이 아닌 하나입니다. 또한 진여란 궁극적 진리의 다른 표현일 뿐 어떠한 존재론적 주체가 아님을 알아야 합니다. 세제불교(世諦佛敎)에서는 육도윤회와 전생·내생을 펼쳐 보일 수 있으나, 진제불교(眞諦佛敎)에서는 당생윤회(當生輪回)의 처처정토(處處淨土)인 것입니다.

한국불교는 스님들이 가장 먼저 개혁적으로 변화하고 수행인답게 검소한 모습으로 달라져야 합니다. 『화엄경』에서 밝히고 있듯 신앙은 사닥다리 오르듯 하여 날로 시야가 트이고 마음이 열려야 할 터인데, '동체삼보(同體三寶)'와 '별상삼보(別相三寶)'보다 '주지삼보(住持三寶)'에만 머물고 있는 현실이 안타까운 일입니다.

또한 일생을 수행해온 도반스님들이 무아에 대해 아직도 생각의 윤회에 머물고 있음은 부끄러운 일입니다. 연기법칙과 무아는 결코 둘이 아닌 하나입니다. 세상의 모든 것은 물질이나 비물질이나 어느 것 하나도 변하지 않는 것은 없습니다. 그런데 무엇이 변하는 현상계에서 자유로워 영원불멸할 수 있겠습니까. 그러므로 창조주인 브라흐만을 철저하게 인정할 수 없듯 나의 육체를 주재한다는 아트만이나 영혼 따위는 존재하지 않습니다.

진정으로 무아를 사무치게 깨닫는다면 소유욕과 집착심에서 벗어나, '날마다 좋은 날'의 주인공이 될 것입니다.

영
혼
의

덫

『중론』과 『백론』의 '무아' 부분을 인용해 올린 글에 대해 댓글과
전화로 묻는 등 혼란스러워하는 사람이 많아 답을 해본다. 먼저
묻는다.

"영혼이 있어 윤회(輪廻)를 거듭한다면 새앙쥐의 영혼과 코끼
리의 영혼이 크기와 부피가 같겠는가, 다르겠는가?"

물론 영혼이 물건이 아닌 이상 크기와 부피를 따진다는 게 우
습게 들릴 것이다. 그러나 편의상 던지는 질문이고, 이에 대한 대
답은 '같다'라고 답해야 한다. 왜냐하면 같지 않고 '다르다'라고 답
한다면, 새앙쥐는 새앙쥐로 거듭 태어나야 하고 코끼리는 코끼리
로서의 윤회를 거듭해야 하기 때문이다.

사람이 죽은 후 49일에 이르면 49재를 치르게 되는데, 그 이

유는 49일이 지나면 영가의 지은 바 카르마(Karma, 업)에 따라 윤회를 거듭하게 된다는 설명이다. 그렇다면 윤회의 주체가 사람뿐이 아닌 축생 등의 모든 생명체 있는 것들이 죽은 후 49일이 지나면 생(生)을 바꿔가며 윤회를 거듭한다는 논리일 것이다.

북인도의 쓰리나가르에는 인도와 파키스탄의 분단지역이 있다. 이곳엔 만년설이 그대로 덮여있다. 원주민들이 녹아내리는 만년설의 빙벽에서 도룡뇽, 개구리 등이 갇혀있는 얼음덩이를 들고와, 외국인 관광객들에게 매우 비싼 가격으로 팔고 있었다. 얼음덩이를 조심스럽게 부분부분 떼어내, 마침내 얼음 속 개구리가 양지바른 곳에서 만년, 십수만 년의 잠에서 깨어나 움직이는 놀라운 광경을 보게 된다. 실지렁이를 준비해 개구리에게 주면 냉큼 받아 먹기까지 한다.

이쯤해서 다시 묻는다.

"만년설의 얼음덩이에서 생물학적으로 의학적으로 얼어죽어 있던 개구리가 얼음이 녹고 주변 환경의 변화와 조성에 의해 거뜬하게 되살아났다. 49재를 천 번, 만 번, 십만 번 치러야 할 시간적, 공간적 의문부호는 무엇이라고 답하겠는가?"

냉동상태로 죽어 있던 개구리의 영혼은 특혜를 누리거나 초능력이 있어 윤회를 멈추고 있었다고 궁색하게 답하지는 않을 것이다. 해외에서 머문 15년 중 인도에서 머물던 3년 동안 모기, 빈대. 이, 벼룩 등 헤아릴 수 없이 살생하며 지내왔다. 그러나 모기귀신, 빈대귀신, 벼룩귀신의 괴롭힘을 단 한 차례도 당한 적이 없다.

이쯤해서 부처님의 말씀으로 마무리하려 한다. 부처님은 『잡아함경』, 『상응부경전』에서 다음과 같이 가르치고 있다.

> 장미꽃은 장미 줄기나 잎이나 대궁이나 뿌리에서 찾을 수 없다.
> 뿌리와 줄기와 대궁과 잎이 건강할 때,
> 그리고 그 기능이 작동될 때 장미꽃이 피어오르는 것이다.
> 햇볕과 흙, 수분과 바람, 자양분이
> 알맞게 골고루 갖추어져 있을 때 장미 줄기는 자라고,
> 줄기가 건강할 때 장미꽃도 만날 수 있는 것이다.

사람의 존재도 눈·귀·코·몸·뜻이 색깔과 소리, 향기와 맛, 느낌과 분별의 작용에 의해 생각의 윤회를 거듭할 뿐, 오온(五蘊)·십이처(十二處)·십팔계(十八界)의 기능이 사라지면 사람의 존재도 사라짐을 일깨워주고 있다.

결론적으로 연기법칙과 무아는 둘이 될 수 없는 하나의 진리이다. 사람의 신체구조는 '흙, 물, 바람, 불'의 기운으로 이루어져 있다. 이 기운이 서서히 기능을 상실해가면 뇌 작용과 신경세포도 멈추게 된다. 온갖 작용과 기능이 멈춘 상태에서 무엇이 실체로 남아 있어 윤회를 거듭한다는 것인지 살피고 또 살필 일이다.

무아가 정리되지 못하면 영혼의 덫으로 윤회의 수렁에서 자유롭지 못할 것이다.

중
도
의
가
르
침

불교의 '중도(中道)'는 유교의 '중용(中庸)'과 다르다. 중용이 유교의
오덕인 '인의예지신(仁義禮知信)'에 머물러 있다면, 불교의 중도는
열린 세상의 열려 있는 진리와 한몸임을 일깨워주고 있기 때문이
다. 흔히 '중(中)'을 가운데로 받아들이고 있는데, 중은 '정(正)'이다.
하여, 중(中)에는 버려야 할 변두리가 없고 모서리가 없는 것이다.
발길 닿는 곳이 세상의 중심이요 앉아 있는 곳이 정토의 극락세계
인 것이다.

그러므로 중도는 좌(左)와 우(右)로 기우는 것을 경계하는 '양
변불락(兩邊不落)'이 아닌 것이다. 이르는 곳이 세상의 중심인 '무변
중심(無邊中心)'이자 '양변무애(兩邊無碍)'이다. 나는 언제나 동서남
북의 중심에 서 있으며, 나에게는 경계해야 할 모서리가 없고 버려

야 할 변두리가 없다.

임제 선사의 '수처작주(隨處作主)'처럼 이르는 곳마다 주인공이 되는 것이다. 용수보살의 '팔불중도(八不中道)'처럼, 생김도 없고 멸함도 없으며 옴[來]도 없고 감[去]도 없는 것이다. 같음과 다름이 없고, 하나도 아니고 여럿도 아닌 것이다. 불교의 중도는 진정한 의미에서 세상의 중심에 우뚝 선 오늘의 주인공임을 일깨우는 인간선언인 것이다.

'가운데 중(中)'으로 읽지 말 일이다. 중(中)은 정(正)이다. '누리는 중(中)'으로 받아들여 이 마음이 곧 부처임을 사무치게 살필 일이다. 탄생의 첫 외침인 '천상천하 유아독존'도 또 다른 중도의 외침임을 살피고 또 살필 일이다. 대(對)와 변(邊)에서 자유로운 게 중(中)이라면, 미(迷)와 사(邪)에 얽매임이 없는 게 정(正)이기 때문이다.

이는 '마음이 부처요 이르는 곳이 정토'임을 일깨워주는 부처의 대표적 '지혜의 가르침'이라 할 것이다. 열린 불교는 곧 중도의 가르침에서 비롯되고 있음을 살피고 또 살필 일이다.

오늘의 세계를 누리라

불교는 오늘의 종교이다. 어제도 내일도 아닌 오늘의 주인공으로 오늘의 세계를 누리라는 것이다. 부처님은 전생을 묻거나 내생을 알고자 하면, 침묵으로 답변하신 큰 스승이시다. 연기법칙과 중도 사상으로 깨달음에 이르는 길을 열어 보여주시고 있는 것이다.

육바라밀(六波羅密)과 팔정도(八正道)는 수행자가 갖출 덕목으로 실천하면, 누구나 마음의 평화와 행복, 자유를 누리게 된다. 또한 불교의 대표 가르침은 무아사상이다. 무아사상과 연기법칙은 둘이 될 수 없는 하나이다. 이것이 있으므로 저것이 있고, 저것이 멸하므로 이것도 멸하는 것이다. 그러므로 불교에서는 이 세상의 그 무엇 하나도 같은 것은 없으며, 변화하고 변모해감을 일깨워주고 있다. '생주이멸(生住離滅)'과 '성주괴공(成住壞空)'에는 생멸의 교훈이 담겨 있는 것이다.

인도 고대 사상에서의 만물의 창조주 브라흐만도 인정할 수 없지만, 내 몸 안의 주재자 아트만도 인정할 수 없는 것이다. 하여, 열반의 사덕(四德)인 상락아정(常樂我淨)도 부정의 의미가 아닌 현실세계에서 누구나 누릴 수 있는 긍정의 의미임을 알아야 한다. 영원불변하는 그 무엇도 인정할 수 없는데 무엇이 주체가 되어 육도윤회를 하겠는가?

사람은 살아서 윤회하는 존재이다[當生輪廻]. 살아서 극락정토를 누리는 주체임[現生淨土]을 잊지 말 일이다.

사
람
이
부
처
될
때

'당생윤회(當生輪廻) 현생정토(現生淨土)'이다. 사바세계를 떠나 정
토에 이르는 것이 아니라, 발길 닿는 곳이 곧 정토요 만나는 사람
이 그대로 부처이다. 부처는 깨달은 사람이다. 선지식은 누구에게
나 좋은 스승이요 착한 벗인 것이다. 깨달음을 신비주의로 몰아가
지 말 일이다.

깨달음을 성취하면 본래의 자리, 중생의 곁으로 되돌아와 중
생과 함께 호흡하고 생활하며 아름다운 회향을 하는 것이다. 주관
과 객관이 집착의 병, 장애의 요인이 되는 경우에는 과감히 버려야
한다. 주관과 객관에 얽매임 없이 자유로울 때는, 움직이는 것은
모두 아름다운 열린 세계의 주인공이 되는 것이다.

흔히 세상 사람들은 깨달음을 이룬 사람은 성욕(性慾)도 없느

나며 궁금해 한다. 이에 대한 정직한 대답은 성욕에서 자유로워 생각의 윤회에 머물지 않는다는 것이다. 명예와 재색(財色) 부근에서 머물러 있다면 진정한 선지식은 아닌 것이다.

깨닫기 이전에도 사람이요 깨달은 이후에도 사람이다. 깨닫기 이전엔 '눈, 귀, 코, 입, 몸, 뜻'으로 경계에 따라 윤회를 거듭하는 사람이지만, 깨달은 이후엔 오온(五蘊)과 육경(六境)에서 집착하지 않는 자유로운 삶의 주인공이 되는 것이다. 『임제록』에서 말하고 있는 참사람이 되는 것이다.

선문답과 법거량은 언어도단하고 심행처멸(心行處滅)한 경계를, 마지못해 점검의 수단으로 쓰고 있는 것이다. 깨달은 후 성격의 변화에 답한다.

"뱀은 용(龍)이 될 때 그 비늘은 바꾸지 않고, 사람이 부처 될 때 그 얼굴은 바꾸지 않는다."

방금 깎아놓은 사과를 멍하니 잠시만 지켜보자. 색깔이 하얀색에서 갈색으로 변해간다. 책상 위에 물방울 한방을 올려놓고 한동안 지켜보자. 물방울은 졸아들며 끝내는 사라지게 될 터이다.

방금 쓴 잉크의 글씨도 세월이 흐르면 그 빛깔이 서서히 엷어져가고 바래져간다. 설렘도 식으면 미움의 대상이 되는 것이다. 뜨거운 찐빵도 잠시 후엔 식은 빵이 되는 것처럼, 이 세상에는 그 무엇도 변하지 않는 것은 하나도 없다.

변화하고 모양을 바꿔가며 끝내는 한 점 바람처럼 사라지는 것이다. 영원할 것 같았던 사랑도 병든 어금니처럼 세월이 흐르면 흔들리게 되어 있다. 환경이 바뀌고 상황이 바뀌어 가고 있기 때문이다. 변하는 것은 입맛만이 아니다. 느낌도 취미도 취향도 나이테

둘레가 넓어짐에 따라, 이몽룡을 그리워하던 춘향이가 변 사또와 분위기 좋은 카페에서 에스프레소 한 잔을 나눌 수도 있는 것이다. 흥부를 향한 측은지심도 값싼 동정임을 알아차려 실용적인 놀부 쪽으로 기울 수도 있는 것이다.

어떤 사상과 철학도 시대의 흐름에 따라 변화해간다. 그러므로 우리네 삶에는 정답이 정해져 있지 않고 빛과 어둠이 뒤엉키며 종교의 신앙마저 흔들릴 수 있는 것이다. 열 명의 애인이 있어도 채울 수 없고 주머니가 빵빵해도 허기질 수 있는 것이다. 모든 것은 변한다. 집착하지 말 일이다.

사람이 앓는 모든 병은 집착에서 비롯된다. 내가 그 누구의 것이 될 수 없듯 그 누구도 나의 것이 영원히 될 수 없을 터이다.

생
활
의

지
혜

"가장 어리석은 사람은 한 말뚝에 두 번 넘어진 사람이다."

"이 세상에서 가장 무서운 것은 사람이 사람을 잘못 사귄 뒤의 후
유증이다."

"잠 못 이룬 자에게 밤은 길고 피곤한 자에게 길은 멀다."

"생각이 바뀌어야 운명이 바뀌고 마음이 열려야 세상이 열린다."

"집착은 키울수록 병이 되고 욕심은 버릴수록 아름답다."

이 모든 말씀은 경전에 박혀있는 부처님의 가르침이다. 한 말
뚝에 두 번 넘어진다면 그는 조심성이 결여된 어리석은 사람이다.
이 세상에서 가장 무섭고 두려운 일은 사람이 사람을 헤프게 만나
쉽게 사랑놀이를 즐긴다면 반드시 그 후유증이 남게 된다. 깊게 마

음에 새길 일이다.

체험과 경험은 돈으로도 살 수 없는 삶의 살아 있는 지혜이다. 또한 커다란 교과서이자 더할 수 없이 훌륭한 스승이다. 누구에게나 나쁜 버릇은 있다. 그 버릇이 길게 이어지면 습관이 되고 업(業)이 된다. '닦고 조이고 기름치자'는 구호는 차량정비소에서만 필요한 게 아니다. 말과 행동에 찌든 버릇을 털어내고, 느슨해진 다짐과 각오를 새로이 다지며 게으름 없이 바른 노력으로 평화의 주인공이 되어야 한다.

『탈무드』에서는 "친구는 두세 급 위로 사귀고, 손에는 빗자루를 들고 있어도 두 눈은 하늘의 북극성에 두어야 한다."라고 했고, 또한 『백범어록』에서는 "손바닥으로 태산을 움켜쥐어 호랑이가 손바닥에서 울게 하고, 입으로 바다를 들여 마셔 고래가 뱃속에서 놀게 하라."는 말씀도 만날 수 있다.

그런데도 찌질한 버릇 버리지 못하고, 우선 먹는 곶감이 달다고 함량 미달의 동무를 가까이하거나 아무하고나 데이트를 즐기려 한다면 그의 미래는 어둠의 자식이 될 것이다.

배가 고파도 물고기가 미끼를 탐하지 않으면, 목숨을 잃지는 않을 터이다.

큰 바다는 또랑물을 마다하지 않는다

생각이 바뀌어야 운명이 바뀐다. 그리고 마음이 열려야 세상이 열린다. 고정관념의 틀에 갇혀 있거나 관습의 벽을 깨지 못하면, 알을 깨고 나오는 병아리가 될 수 없는 것이다. 줄탁동시(啐啄同時)처럼 어미닭과 알 안의 병아리가 동시에 알의 껍질을 깨뜨려야 새로운 세상, 새 생명의 탄생이 비롯되는 것이다.

같은 곡을 같은 음절로 목소리의 게으름에 빠져 있다면, 그는 전국노래자랑에서도 좋은 성적을 거둘 수 없는 만년지기 아마추어에 머물 터이다. 골초의 금연은 다짐만으로는 오를 수 없는 높은 산이다. 버릇은 요행심으로 고쳐지지 않는다. 습관의 고리를 과감하게 끊고 새로운 패러다임으로 새롭게 새출발하며 살 일이다.

생각은 곧 길이 된다. 생각은 어둠을 몰아내는 또 하나의 빛이 될 수 있기 때문이다. 생각이 바뀌어야 몸짓도 바뀌고 습관도 바뀌어 운명도 바뀔 수 있다. 생각의 늪에서 생각의 터널에서 머물지 말 일이다. 움직이는 자가 살아 있는 자이고, 움직임이 승리의 고지에 오를 수 있는 원동력임을 잊지 말 일이다.

마음의 빗장이 닫혀 있으면 어둠이 몰려올 것이다. 마음을 활짝 열어야 시야가 트이고 빛의 세상을 만날 수 있다. 마음이 열리면 세상도 열리기 때문이다. 마음은 또 하나의 요술단지이며, 넓히면 우주를 담고 좁히면 바늘 하나 꽂을 곳이 없는 것이다.

마음 넓히는 게 수행의 기본 덕목이다. 큰 바다는 또랑물을 마다하지 않는다. 바다처럼 큰마음으로 차별 없이 받아들이며 살 일이다.

미
운
사
람

미운 자는 어디에도 끼어 있다. 가족에도 끼어 있고 친구 사이에도
끼어 있다. 학교에서도 직장에서도 미운 사람이 한 사람쯤 끼어 있
기 마련이다. 동네를 옮겨 이사를 가도 미운 사람은 새로 나타나
며, 모임을 바꿔가도 미운 사람은 따라온 듯 어디에서나 나타나는
것이다.

　명절에 친지가 모여도 한 사람쯤은 일찍 떠나가기를 바라게
되고, 반가운 동창 모임에도 한 사람쯤은 모임 밖으로 밀어내고 싶
은 미운 감정은 어디에서나 질기게도 나를 따라다니는 것이다. 이
것은 편가르기와 배타성이 생활화되어 있는 나의 이기적인 눈높이
와 계산법이 문제를 야기하는 근본 문제이다. 아무리 미운 자도, 보
내고 나면 마음이 짠할 것이다. 미운 자가 내 자신이 될 수 있고 내

자신이 미운털로 박혀 있을 수도 있음을 살피며 되돌아볼 일이다.

좋은 사람과 나쁜 사람은 정해져 있는 게 아니다. 나한테 잘하면 좋은 사람이요 잘못하면 나쁜 사람으로 규정하여, 끌어들이고 밀어냄은 가벼운 몸짓임을 알아야 한다. 한 생각만 접고 보면, 누구나 고마운 사람이요 감사한 형제이자 자매이다.

사람과 사람의 관계는 끌어당김과 밀어냄의 연속인 것이다. 거친 말과 행동에는 어둠이 몰리고, 부드러운 말과 행위에는 빛이 모여들게 된다. 살펴보면 미운 자는 어디에도 없는 것이다. 입장 바꿔 헤아려보면, 버리고 멀리해야 할 미운 자가 사라지게 되는 것이다.

미운 자가 고운 자가 될 수 있고, 어둠이 빛이 될 수 있음을 잊지 말 일이다. 빛과 어둠은 둘이 아님을 살피고 또 살필 일이다. 미움은 타인으로부터 오는 게 아니라 나로부터 비롯됨을 잊지 말 일이다.

삶은 경쟁이다. 전쟁놀이이자 파워게임이다. 경쟁에서 뒤처지면 낙오자의 길을 걷게 된다. 전쟁놀이에서 패배하면 암흑의 터널에 갇히게 된다. 파워게임에서 힘의 논리에 밀리게 되면 이용당하는 자로 살게 된다.

총칼이 없을 뿐 학교에서 직장에서 사회에서 경쟁 상대는 숱하게 널려 있다. 통과해야 할 시험의 관문도 많고 유혹의 덫과 올가미도 멀리해야 한다. 채찍도 많고 당근도 많지만 선택은 후회의 그림자를 남기게 된다.

삶의 전쟁터에는 아군과 적군이 따로 정해진 게 아니다. 어제의 동지가 오늘의 적이 될 수도 있고 오늘의 적이 내일의 동료가 될 수도 있을 터이다. 믿었던 도끼는 항시 내 발등을 노리고 있고 먹이사슬의 법칙처럼 약육강식이 어둠처럼 박혀 있는 세태이다.

전쟁터에서는 상대를 죽여야 내가 살아남을 수 있고 긴장이 풀리고 한눈팔게 되면 나는 누군가의 먹이가 되어 죽임을 당해야 한다. 물고기의 세상에서는 상처를 입게 되면 모든 물고기의 먹이가 된다. 동물의 세계에서는 상처의 흔적이 맹수의 타깃이 되는 것이다. 전쟁에서 이겨야 혁명처럼 정당화되고 승리의 기쁨을 누리는 삶의 현장이 된다. 인생살이란 어찌 보면 파워게임으로 시작해 파워게임으로 막을 내리는 것이다.

사회는 경쟁으로 치닫게 되어 있다. 있어야 모이고 없으면 흩어지는 세상이다. 하여, 세상을 살다 보면 본능적으로 모으고 이루어야 마음이 편하다. 끌어당겨 쌓아둬야 배가 부른 것이다. '곳간에서 인심난다'는 말도 있듯이 있어야 나누고 베풀 수 있기 때문이다. 그러나 지나침은 끝내 화(禍)를 부르며 몸과 마음에 상처를 남기게 된다. 사람이 사는 이유는 보다 나은 행복을 위해서이다. 물질적 풍요가 행복에 이르는 지름길도 될 수 있겠지만, 지나치면 정신적 빈곤도 불러들임을 잊지 말 일이다. 명심할 일이다. 넘침은 부족함만 못한 것이다.

사람은 누구나 흔들리면서 철이 든다. 흔들림과 헐떡임은 누구나 끌고 다니는 그림자이다. 하여, 더 늦기 전에 잔잔한 행복과 평화를 위해 '비우기, 버리기, 나누기'를 서서히 실천할 일이다. 비우면 몸과 마음이 가뿐해진다. 버리면 몸과 마음이 개운해진다. 나누면 소소한 기쁨과 평화가 깃들게 된다.

설
법
의

다
섯

가
지

원
칙

『잡아함경』에 박힌 말씀부터 옮기겠다.

"비구들이여 전도(傳道)를 떠나라. 많은 사람들의 이익과 행복
을 위하여, 세상을 불쌍히 여기고 인천(人天)의 이익과 행복과 안락
을 위하여. 그리고 두 사람이 한길을 가지 말라. 비구들아 처음도
좋고 중간도 좋고 끝도 좋으며 논리와 표현을 갖춘 법을 가르쳐라.
또한 원만무결하고 청정한 내용을 말하라. 사람들 중에는 마음에
더러움이 적은 이도 있지만, 법(法)을 듣지 못한다면 더욱 악(惡)에
떨어지고 말리라. 그들이 법의 드러난 진리를 들으면 깨달음에 이
를 게 아니겠는가. 비구들이여, 나 또한 법을 설하기 위해 우루베
라의 장군촌으로 가겠다."

또한 『잡아함경』에서 설법의 다섯 가지 원칙도 만날 수 있다.

227

첫째는 현실적으로 증험(證驗)되는 성질의 내용, 둘째는 때를 거르지 않고 과보(果報)가 있는 성질의 내용, 셋째는 누구나 와서 보라고 할 수 있는 성질의 내용, 넷째는 열반(행복과 자유)에 이를 수 있는 성질의 내용, 다섯 번째는 지혜 있는 사람은 누구나 알 수 있는 성질의 내용으로 설법하라는 것이다.

처음도 좋고 중간도 좋고 끝도 좋으며, 논리와 표현을 갖춘 법(보편적인 진리)을 펴라고 가르치고 있다. 와서 누구나 보라고 할 수 있는 내용의 설법과 논리와 표현을 갖춰, 쥔 주먹을 펴서 보이듯이 분명하고 확실한 내용만을 가르치라고 말씀하고 있는 것이다.

이쯤해서 묻고 싶다. 다섯 가지 설법의 원칙을 지키고 있는지. 세상에는 오늘도 땅바닥을 기어가는, 설법 아닌 설법이 널려 있기 때문이다.

"세상에서 가장 어려운 일은 사람이 사람의 마음의 문을 열어주는 것이다."

"다른 사람에게 쉽게 열어주지 않는 문을 그대에게만 문을 열어 주는 사람이 있다면 그는 스승이자 벗이다."

"사막이 아름다운 것은 어디쯤에 오아시스를 품고 있기 때문이다."

생텍쥐페리의 『어린왕자』에서 옮겨온 '친구'에 대한 세 구절이다. 이 세상에서 가장 어려운 일 중 하나가 친구의 마음을 열게 하는 것이다. 진정한 친구는 때와 곳을 가리지 않고 찾아오는 친구를 문을 열고 맞이한다. 친구는 곁에 있어도 언제나 그리운 존재이기 때문이다. 사막이 아름다운 것은 그 어디쯤에 오아시스를 품고 있기 때문이듯, 친구가 좋고 그리운 것은 친구만이 간직할 수 있는 깊고 높으며 넓은 마음의 소유자이기 때문이다.

친구는 편한 것이다. 친구는 또 하나의 스승이요 교과서인 것이다. 만나면 즐겁고 대화를 통해 열린 마음을 서로 나누는 것이다. 친구는 그런 의미에서 길인 것이다. 어둠을 쓸어내는 빛인 것이다. 친구는 눈빛으로 말하고 온몸으로 웃는, 또 하나의 연인인 것이다. 곁에 있어도 그리운 게 친구이기 때문이다.

거짓과 꾸밈이 없어야 친구이고 감춤과 드러냄이 없어야 도반인 것이다. 서로가 서로에게 좋은 스승이요 착한 벗이 되는 것이다. 부모처럼 챙겨주고 형제자매처럼 받아들이는 버팀목 디딤돌이 친구의 힘이자 빛인 것이다.

그러므로 친구다운 친구는 매우 드물다. 있을 때 모이고 없을 때 흩어지는 막걸리친구는 친구가 아니다. 마음 깊은 곳의 뜻을 대화로 눈빛으로 서로 나눌 수 있는 친구는 일생에 서넛이다. 이러한 사실을 깊이 있게 받아들이며 곁에 있어도 그리운 친구 찾아 떠날 때이다.

떠난 사랑은
떠나게 하라

떠난 사랑은 되돌아오지 않는다. 지나간 어제가 오늘로 되돌아올 수 없듯 흘러간 강물은 이미 흘러간 물인 것이다. 과거의 추억거리에 머물러 있는 사람에겐 오늘의 활기참이 줄어든다. 그러므로 지나간 것은 흘러간 것은 지나가고 흘러갔음을 받아들여야 한다. 사람은 정으로 사는 동물이다. 정이 식어 떠난 사람이 다시 돌아올 리도 없겠지만, 설령 돌아온다 해도 순수성과 참신성은 사라지고 없을 것이다. 더욱이 계산법을 앞세우고 다시 돌아온 사람이라면, 설렘 따위는 아예 기미도 찾아낼 수 없을 터이다.

식은 재에서 불씨는 만날 수 없다. 이미 떠난 사랑을 군불 지피듯 새 출발의 보금자리를 만들려 해도, 둘 사이엔 보이지 않는 틈과 벽이 존재할 터이다. 물론 첫사랑 시절처럼 재회의 불꽃놀이

231

를 즐기는 부부도 있을 것이다. 그러나 사랑이 식으면 설렘도 기대도 사라진다. 대화는 단절되고 이해는 결핍되어, 만나면 다툼이요 모습도 역겨워 멀리하고 싶어진다. 그런데 어떠한 상황의 변화, 처지 등을 고려해 떠난 사랑을 되돌아오라고 손짓한다면, 되돌아올 사랑은 결코 흔치 않을 터이다.

아무리 금슬 좋은 부부라 하더라도 생각이 다르고 입맛이 다르고 취미가 달라 영원한 하나는 있을 수 없다. 하나가 되어 하나로 살기 위해 노력하는 것이다. 감정과 느낌을 길들이고 빗질하며, 다툼을 줄이고 사는 것뿐이다. 하나는 둘이 될 수 없고, 둘은 독립된 인격체로서 또 다른 자유를 꿈꾸게 된다.

떠난 사랑은 떠난 사랑으로 추억줄기에서나 만날 일이다. 이미 흘러간 어제는 오늘로 되돌아올 수 없는 것처럼 지나간 것은 지나간 대로 지나가게 하고 흘러간 것은 흘러간 대로 흘러가게 하라. 어제의 나는 오늘의 내가 아닌 것이다. 오늘의 나는 오늘로서 존재하는 것이다. 누구도 내가 될 수 없고, 누구도 나의 삶을 책임질 수 없는 것이다. 나는 나이다. 타인은 내가 아니다.

나의 오늘은 내가 주인공으로 사랑의 등불을 다시 밝힐 때이다.

장자(莊子)가 밤길에 어느 공동묘지 곁을 걷고 있었다. 어둠 속에서 한 여인이 구슬피 울어 그 사연을 묻게 된다. 그 여인은 잠시 머뭇거리더니 다음과 같이 대답하는 것이다.

"남편이 죽으면서 나에게 손가락까지 걸게 하며 다짐한 약속이 있습니다. 다른 남자에게 시집가더라도 최소한 자신의 무덤에 풀이라도 마른 뒤 가라 해서, 선뜻 허락했습니다. 그런데 글쎄, 무덤의 풀이 마를 만하면 비가 자주 내려 풀이 마르질 않습니다. 그래서 남의 눈을 피해 밤에 와서 '무덤의 풀이 빨리 마르라'고 부채질해댔습니다. 그렇게 하는데도 풀이 쉽게 마르지 않아 속상해서 울고 있었습니다."

그렇다. 과장된 이야기일 터이나 여인의 솔직함에 박수를 보낸다. 사람은 신이 아니다. 사람일 뿐이다. 살아가면서 사람은 흔들릴 수 있고 선택할 수 있다. 체면치레에 멍들지 말 일이다. 윤리 도덕의 무게에 짓눌리지 말 일이다. 요즘 같은 세상이면 그 여인은 부채 대신 손선풍기를 들고 남편의 무덤을 찾았을 터이다.

손가락질하며 비아냥을 즐기지 말 일이다. '내가 하면 로맨스요 남이 하면 불륜'이라는 해프닝을 연출하지 말 일이다. 입장 바꿔 생각하면 나도 그럴 수 있고, 핀잔과 비난의 주인공이 될 수 있기 때문이다.

무덤에서 부채질하는 여인은 어찌 보면 순수한 여인이다. 맑은 마음의 순결하고 진실한 여인이다. 무덤이 비 맞지 않게 골프 칠 때의 큰 우산을 선물해 주고 싶다. 성능 좋은 손선풍기와 함께.

중국의 임제 선사는 그의 어록에서 참선하는 수행자들에게 말하고 있다. 좌선(坐禪)을 기본으로 하되 걷고[行] 머물고[住] 앉고[坐] 눕고[臥] 말하고[語] 침묵하고[黙] 움직이고[動] 고요할 때[靜]에도 마음챙김의 정진을 한결같이 하라는 것이다. 가슴에 불길을 당기는 시원한 일화 하나 소개하겠다.

청원 선사에게는 마조라는 제자가 있었다. 마조는 날이면 날마다 나무 그늘 밑 바위에 앉아 좌선하는 모습으로 정진(精進)을 거듭했다. 그 모습을 지켜보던 스승이 제자에게 물었다.

"자네는 맨날 앉아 있는데 무엇을 얻고자 하는가?"

제자는 망설임 없이 대답했다.

"부처를 이루기 위해서지요."

제자의 당돌한 대답을 듣고 스승은 벽돌과 기왓장을 마련해왔다. 그러고는 스승은 앉아 참선 중인 제자 곁에서 벽돌로 기왓장을 요란스레 문질러대기 시작했다. 참다못한 제자가 스승에게 대들었다.

"스승께서는 벽돌로 기왓장을 문질러 대체 무엇을 얻고자 그리 요란스럽습니까."

스승은 천연덕스럽게 대답했다.

"벽돌로 기왓장을 문질러 거울을 만들려고 하네."

제자가 어이없다는 듯이 비아냥거리며 핀잔조로 말한다.

"일주일이고 열흘이고 갈아보십시오 기왓장이 거울이 될 수 없을 테니까요."

그러자 스승이 기다렸다는 듯이 지혜의 칼날을 들이댄다.

"그렇다면 자네 또한 백 일이고 천 일이고 앉아 있어보게, 앉아서 부처를 이룰 수 없을 터일세."

그렇다. 이 스승과 제자의 대화내용을 이야기거리로 가볍게 여기지 말 일이다. 스무 차례 서른 차례 안거의 경력이 있더라도 깨달음을 이룰 수는 없는 이치이다.

죽비소리에 길들여진 안이한 수행풍토에서는 천지개벽하듯 변화와 개혁이 이뤄져야 한다. 좌선 위주의 선원에서 움직이는 선원으로 과감하게 그 기본이 바뀌어야 깨달음도 이룰 수 있는 것이기 때문이다.

『선문답(禪問答)』이란 책을 펴낸 바 있다. 선문답에 대한 관심과 울림을 위해 옮겨본다.

1. 상서(祥瑞)로운 일

한 여자 신도가 말했다.

"큰 스님들이 열반에 드신 후 맑은 하늘에 무지개가 떠오르거나, 어두운 밤에 방광(放光)의 빛줄기가 하늘로 뻗친다는 말을 들었는데 스님께서 훗날에 열반에 드시면 어떤 상서(祥瑞)로운 일이 일어날까요?"

"내가 죽으면 태양이 동쪽에서 떠올라 서쪽으로 질 것입니다."

2. 밥으로 살지

한 학생이 말했다.

"여자는 아름다움으로 살고 남자는 명예로 산다고 합니다. 그
럼 수행자이신 스님은 무엇으로 살아갑니까?"

"나는 밥으로 살지."

3. 환하게 드러낸 걸

한 스님이 물었다.

"『벽암록』 7칙에 있는 공안(公案)입니다. 혜초라는 이름의 구
도자가 법안 선사에게 '어떤 것이 부처입니까' 하고 물으니 답하기
를 '그대가 혜초로구나' 하였습니다. 이에 대한 스님의 말씀을 듣
고 싶습니다."

"그대는 혜초가 아니로구나."

4. 솥에서 끓고 있는

한 스님이 물었다.

"도마 위에 오른 물고기가 칼날을 피할 수 있을까요?"

"솥에서 끓고 있는 멸치에게 물어보게나."

5. 바른 눈과 바른 손에 대해

한 스님이 내게 물었다.

"천수천안(千手千眼) 관세음보살의 천 개의 손, 천 개의 눈 중

에 어떤 손이 바른 손이며 어떤 눈이 정안(正眼)이겠습니까?"

"보는 것이 정안이요 쓰는 것이 바른 손이지."

6. 부모님한테서 몸 받기 이전

한 도반이 내게 말했다.

"부모님한테서 몸 받기 이전[父母未生前] 스님의 본래면목(本來面目)은 어디에 있었습니까?"

내가 답하길,

"흐르는 물이 안개 되어 비바람을 몰고 옵니다."

7. 동그라미 그려놓고

한 선객이 내게 물었다.

"스님을 가운데 두고 큰 동그라미를 그려놓을 경우 스님께서는 그 동그라미의 선(線)을 지우지도 넘어오지도 말고 밖으로 나올 수 있으십니까?"

하여, 내가 말하였다.

"스님께서 먼저 선을 넘지도 지우지도 말고 내 있는 곳으로 들어오시구려. 그럼 그때 내가 나가리다."

8. 몸 안에 갇혀

교수 몇 분이 와서 나눈 대화다.

기독교를 신앙한다는 교수에게 내가 물었다.

"교수님은 하나님을 마음 안에 모십니까? 마음 밖에 모십니까?"

"마음 안에 모시지요."

"그럼 마음은 몸 안에 있습니까? 몸 밖에 있습니까?"

"마음은 몸 안에 있지요."

"하나님께서 몸 안에 갇혀 답답하시겠군요."

9. 하늘이 잔뜩 흐려 있어서

한 스님이 찾아와서 내게 말했다.

"손가락으로 달을 가리키면 달을 봐야 하는데 우리 중생들은 왜 손가락만 보게 될까요?"

"달보다는 손가락이 가깝게 있기 때문이지."

"달은 하나이나 천 개의 강에도 달그림자를 남깁니다. 스님께서는 손가락도 달그림자도 아닌 진짜 달을 보여주실 수 있으십니까?"

"지금은 어렵겠네. 하늘이 잔뜩 흐려 있어서."

10. 짚신을 머리에 이고

한 스님이 내게 물었다.

"『벽암록』 63칙에는 남전 선사가 고양이의 목을 자른 부분이 실려 있고 64칙에는 조주선사가 짚신을 머리에 이고 문 밖으로 나가는 부분이 실려 있습니다. 63칙과 64칙의 공안(公案)에 대해 스님의 견해를 듣고 싶습니다."

"남전 선사는 고양이는 죽였으나 동서양당(東西兩堂)의 스님들을 살렸고 조주 선사는 짚신을 머리에 이어 천둥 번개 치는 소식으로 태평가를 부른 것이지요."

11. 중생들이 골고루 나누어 먹고

한 도반스님이 해외여행 중 내게 말했다.

"예전에 보문 스님이 해인사의 ○○스님에게 '날마다 법당의 부처님 전에 마지를 올리는데 부처님은 어디로 그 밥을 받아먹겠는가?' 하고 물으니, ○○스님은 대답을 못했다고 합니다. 스님께서는 이 물음에 어떻게 답하시겠습니까?"

"여러 사람이 골고루 나누어 먹고 만인(萬人)이 두루 편안합니다."

"소리에 놀라지 않는 사자(獅子)처럼, 그물에 걸리지 않는 바람처럼, 진흙물에 물들지 않는 연꽃처럼 무소의 외뿔처럼 혼자서 가라."

불교의 경전 중에 가장 오래전에 결집된 것으로 알려진, 『숫타니파타』의 사품(蛇品)에 담겨 있는 구절이다. 세상에 떠다니는 크고 작은 소리에 놀라지 않는 사자이고 싶다. 촘촘히 엮여 있는 그물에도 걸리지 않는 자유인으로 살고 싶다. 머묾이 없는 바람이고 싶기 때문이다. 세상살이가 고단하고 팍팍해도, 남의 탓이 아닌 내 탓으로 갈무리하며 진흙물에 물들지 않는 연꽃처럼 살고 싶다.

올 때도 혼자이지만 갈 때도 혼자임을 스스로 마음에 새겨 인연에 끌려가지 않는, 인연에 자유로운 무소의 뿔처럼 혼자의 삶이 수행자의 일상임을 잊지 않고 있다. 모으고 챙기며 쌓아두려는 집착에서 벗어나, 있으면 행복하고 없으면 자유로운 삶을 누리며 살고 있다.

도반스님들에겐 상좌(제자)가 수두룩하나 내게는 단 한 명의 상좌가 없다. 노후대책이라며 비상금 따위 키우지 않았다. 언제인가는 이 세상에서 마지막 그림자를 거두게 되겠지만, 관(棺)이니 상여 마련 따위를 허락하지 않는다. 그저 일반 화장터에서 예약이 되는 대로, 평소 입던 옷으로 둘둘 말아 태우면 그만이다. 화장터 매뉴얼에 따라 뼛가루 담은 항아리를 건네받으면 고샅길이든 자갈밭이든 항아리를 던져 박살내면 개운할 터이다.

영단에 내 이름 적힌 위패나 사진 한 장도 당연히 허락하지 않는다. 49재 따위, 제사 따위, 그리고 돌덩이에 내 이름 새기는 허께비짓 따위도 허락할 수 없다.

조계종단에서는 비구승의 최고 법계인 대종사 품수라는 제도가 있다. 나는 이미 단호하게 분명하게 대종사 품수를 거절했다. 그저 평범한 사람 향봉, 스님 향봉에 고맙고 감사할 뿐이다.

꾸미거나 감추거나 돋보임 없이, 자연인 향봉 스님으로 바람처럼 살다 사라지면 그뿐인데….

글을 쓰게 된 이유

불교는 깨달음의 종교이다. 부처는 깨달은 사람이다. 그렇다면 깨
달음이란 무엇이며 깨달음의 내용은 무엇일까?

불교의 수많은 경전에는 깨달음의 내용이며 깨달음에 이르
게 하는 길이 담겨 있다. 그러나 커피를 마시고 커피 맛을 말이나
글로 표현할 수 없는 것이다. 석가모니가 깨달음을 이룬 후 부처로
서 깨달은 내용을 얼마만큼 말씀으로 담아낼 수 있었을까? 사람의
기억력은 한계가 있는 법이다. 부처의 말씀을 듣고 그 후 제자들이
스승의 말씀을 얼마만큼 기억해 경전에 옮겨 담았을까?

마흔이 다된 나이에 늦게야 철이 들어, 인도와 네팔, 티베트
에 머물 때 천지개벽하는 듯한 깨달음의 아름다운 체험을 하게 된
다. 누가 무엇을 물어도 의혹됨이 없어 망설이거나 머뭇거리지 않

는, 좋은 스승이자 착한 벗이 되는 것이다. '참 앎[知]'과 '참 봄[見]'의 '텅 빈 충만'을 이룬 것이다. 그 후, 중국에서 7년 동안 머물며 중국의 고어(古語)를 익히며 숱한 경전과 선어록의 숲을 순례한다.

불교의 핵심사상인 연기법칙과 무아, 중도사상을 바르게 알리기 위해 이 책을 쓰게 된다. 영혼이 없다는 내용, 하나만으로도 불교도들은 많이 당혹해하며 신앙이 흔들릴 수도 있을 것이다. 그러나 석가모니 부처님께서 이미 경전에서 밝히셨지만 영혼 따위는 없는 것이다. 육도윤회도 없는 것이다. 당생윤회(當生輪廻)와 현생정토(現生淨土)가 있을 뿐이다.

49재를 아무리 잘 차리고 준비해도 귀신 따위는 오지 않는다. 다녀갈 영혼이나 귀신 따위가 아예 없기 때문이다. 49재는 죽은 자를 위함도 있지만 산자의 빈 가슴을 채워주는 의식임도 잊지 말 일이다.

'중(中)'은 '정(正)'인 것이다. '가운데 중(中)'으로 헤매지 말고 '누릴 중(中)'으로 받아들여야 한다. 중(中)과 정(正)에는 변두리와 모서리, 좌(左)와 우(右)도 없는 것이다. 대(對)와 변(邊)에서 자유로운 것이 중(中)이요, 사(邪)와 미(迷)에 얽매임이 없는 게 정(正)이기 때문이다. 발길 닿는 곳이 세상의 중심이요 정토(淨土)이며, 만나는 사람이 그대로 부처인 것이다.

불교는 전생과 내생을 키우지 않는다. 불교는 오늘의 종교이기 때문이다. 오늘은 영원하다. 영원한 오늘의 주인공으로 자유와 평화와 행복을 누리며 살 일이다.

아가야!
마음이 몹시도 아프구나.
이 세상에는
그 어느 것도
영원한 것은 없는 법이란다.
우리처럼 이렇게 만나면
이내 헤어지는 아픔 속에서
나날이 철이 들고,
철이 들면서
서서히 사라져가는 것이란다.
너와 나
그리고
우리 모두는….

산골 노승의 화려한 점심

ⓒ 향봉, 2023

2023년 5월 19일 초판 1쇄 발행
2023년 12월 8일 초판 10쇄 발행

지은이 향봉
발행인 박상근(至弘) • 편집인 류지호 • 상무이사 김상기 • 편집이사 양동민
편집 김재호, 양민호, 김소영, 최호승, 하다해 • 디자인 쿠담디자인
제작 김명환 • 마케팅 김대현, 이선호 • 관리 윤정안 • 콘텐츠국 유권준, 정승채, 김희준
펴낸 곳 불광출판사 (03169) 서울시 종로구 사직로10길 17 인왕빌딩 301호
　　　　대표전화 02) 420-3200 편집부 02) 420-3300 팩시밀리 02) 420-3400
　　　　출판등록 제300-2009-130호(1979. 10. 10.)

ISBN 979-11-92997-20-9 (03810)

값 17,000원